Ainsi naissent les mamans

Éditions Eyrolles
61, bd Saint-Germain
75240 Paris Cedex 05
www.editions-eyrolles.com

Collection « Pop'Littérature »

Éditrice externe : Frédérique Le Romancer

ISBN : 978-2-416-00587-9
Composé par Soft Office

Amélia Matar

Ainsi naissent les mamans

Roman
EYROLLES

Chapitre 1

Alice de Richebois

L'adulte passe à côté de cet amour mystique sans s'en apercevoir.
Et ce petit être qui nous aime grandira et disparaîtra.
Qui donc nous aimera jamais comme lui.
Maria Montessori

Ma mère ne fait jamais le ménage. Elle accorde pourtant un soin méticuleux à notre intérieur. Alors forcément, tout ce vomi, ça lui fait de l'effet. Chez nous, il faut que ce soit chic, beau, que chaque tapis, chaque lampe, chaque meuble soit propre et à sa place. Il faut que tout le foyer raconte à quel point nous sommes supérieurs. Il ne s'agit pas d'une richesse clinquante, accumulée à la va-vite, aux origines troubles et aux racines précaires. Mais bien d'une de ces fortunes séculaires, bâties sur des lignées de dynasties puissantes. Les « de Barnay », la famille de ma mère, appartiennent à la grande noblesse. Mes ancêtres ressemblaient sans doute aux personnages illustrés de mes livres d'Histoire. Comme sur ces pages, et comme ma mère aujourd'hui, les dames qui m'ont précédée devaient afficher en toute occasion cet air hautain, dégoûtées par tous ces pauvres qui les suppliaient.

Car à en croire les portraits accrochés chez moi, ici et là, cette mimique arrogante se transmet par les gènes. J'observe d'ailleurs souvent mon visage pour vérifier qu'il n'arbore pas cette grimace insolente. Je m'entraîne tous les matins à faire des singeries rigolotes. On ne sait jamais, il se pourrait qu'en vieillissant, l'hérédité me rattrape et m'affuble de ce même air de constipés.

Je vois Maman aller et venir, le rictus en forme de « beurk », sans un regard pour moi. J'ai envie qu'elle me prenne dans ses bras et me dise que tout ira bien. Je voudrais qu'elle pose une main sur mon front, qu'elle me caresse les cheveux et qu'elle me chante une chanson. Dans mes pensées, je l'appelle. Mes yeux lui disent « Maman, je suis là, ohé ! Console-moi ». Mais elle ne voit rien, elle n'entend rien. Elle est obnubilée par le désordre et la saleté. Les mots se bousculent, mais ma bouche reste aphone. Mes lèvres s'arrondissent mais aucun bruit n'en sort. « Maman, un câlin s'il te plaît. » Pour m'entendre, il faudrait qu'elle me voie. Or, à cet instant, son dégoût prend toute la place, il me rend invisible et muette.

Quand toute cette histoire sera passée, j'écrirai à l'Académie pour me plaindre. Mon maître d'école nous a déjà dit que les gens là-bas sont les chefs de la langue française. Eh bien ils sont vraiment nuls ! C'est la honte. C'est sûr, les chefs des autres langues doivent bien se moquer de nous en cachette. Franchement, il faut être complètement maboul pour choisir le mot *envie*, pour désigner quelque chose que l'on déteste de toutes ses forces et quelque chose que l'on désire plus que tout. J'ai *envie* de jouer, de faire des blagues, de mettre une baffe à Gustave. J'ai *envie* d'avoir des bonnes notes, qu'il fasse beau aujourd'hui, que Fatima amène des makrouts. Et j'ai *envie* de vomir. On voit bien que ça ne colle pas du tout ! N'importe quoi !

Cette fichue maladie n'a rien à voir avec une quelconque envie. C'est l'inverse : je n'en ai pas du tout envie. J'ai beau essayer de résister, elle me bat à plates coutures. Pourtant, ce n'est pas dans mon habitude de perdre.

En plus, elle me fait super mal au ventre et un goût pourri s'est installé dans ma bouche, dans mon nez, dans ma gorge. J'ai l'impression qu'une sorcière m'a jeté un sort. Si je la trouve, celle-là, je lui casse son balai sur la tête !

Maman est habillée, coiffée et maquillée comme si le président de la République était attendu pour le goûter. Elle a rassemblé ses cheveux blonds dans un chignon haut. Elle porte un pantalon à pinces et une chemise en soie beige assortie aux rideaux de ma chambre. Ses mains sont recouvertes de gants en plastique qui remontent jusqu'au coude. C'est la première fois que je la vois nettoyer. Ça se voit qu'elle ne fait pas ça souvent. Elle est maladroite. Elle renverse du nettoyant partout. Elle en met beaucoup trop. Elle manie la serpillère avec autant de dextérité qu'une dinde amputée. C'est dimanche, et le dimanche ni nounou ni femmes de service, pas même le jardinier. Le dimanche, le vomi de sa fille, c'est pour elle. Cadeau.

Maman s'approche de moi. Enfin.

— Tiens Alice, bois ça.

Les lèvres pincées, elle me tend un verre qui contient un liquide blanchâtre. J'en respire l'odeur. C'est hors de question, je ne prendrai pas ce truc dégueu.

— Oh non, je ne peux pas boire ça.

Ses yeux se ferment plusieurs secondes. Elle prend une profonde respiration, puis ses paupières s'ouvrent sur des pupilles de possédée. Elle prend ma main dans la sienne en tremblant. Malgré son regard habité, malgré l'exaspération, ce contact tiède me soulage.

— Allez, Alice, tu bois ce médicament. Maintenant.

Pour lui faire plaisir, je rapproche le verre de mes lèvres. Je ferme les yeux pour avaler ce médicament immonde. Mais cette méchante gastro vient tout gâcher. De nouveau, les spasmes, le vomi, cette odeur insoutenable, partout.

— Pardon, Maman, gémis-je en pleurant.

C'est à ce moment qu'elle choisit son camp et qu'elle m'envoie ses rafales de venin.

— Oh non, Alice ! Tu ne vas pas, en plus, te mettre à chouiner. Ce n'est pas possible. Et je t'ai déjà dit de vomir dans la bassine ! Tu as huit ans ! Arrête de te répandre comme ça ! Tu exagères. Je n'en peux plus. C'est trop pour moi. Bien trop.

Je tremble de colère. Si je le pouvais, je prendrais du Scotch et de la Super Glue pour fermer cette boîte à horreurs qui lui sert de bouche. Comme ce plan me paraît difficile, je prends plutôt mon courage à deux mains, je rassemble le peu d'énergie qu'il me reste et j'expulse tout mon courroux. Je crie si fort que j'en ai mal aux oreilles. Mais il me faut toujours crier avec elle car, loin d'être sourde pourtant, elle n'entend jamais rien.

— J'ai huit ans et je suis malade ! Et toi, tu es une sorcière ! Un monstre ! Un ogre ! Un croque-mitaine ! Je te déteste ! Sors de ma chambre ou j'appelle la police et on va te mettre en prison pour toujours !

— Je fais ce que je peux Alice, vraiment je fais tout ce que je peux.

Elle claque la porte derrière elle.

Des sanglots bruyants surgissent de ma gorge. Je ne contrôle plus rien, je suis tout entière croquée et broyée par la peine. Je ne saurais dire combien de temps dure cette valse que me fait danser la tristesse. Il me semble que j'y perds mes repères.

Ce chagrin, il me porte et il me berce. Je crois que je finis même par m'y endormir.

Je rêve. Je fais toujours des rêves très étranges et celui-ci peut concourir pour le podium de la bizarrerie onirique. Je suis dans un avion, très confortable. Les rangs de sièges sont immenses. Chaque rangée compte peut-être vingt ou trente sièges. On dirait un avion de cinéma. J'adore cet endroit feutré. Tout est recouvert d'un velours rouge chaud et soyeux. Les hôtesses sont belles, et joliment apprêtées. Elles sont affables et aux petits soins pour tout le monde. Nous autres passagers sommes en train de vivre un moment d'une grande volupté, de quiétude absolue, suspendus dans l'espace et le temps. Quand soudain, l'avion est secoué par de terribles soubresauts. Les passagers, les objets, les hôtesses, les affaires, tout se met à tourbillonner. La panique, la confusion, la peur s'emparent de chacun. Quand cela va-t-il cesser ? Va-t-on finir par s'écraser ? Étrangement, une odeur sucrée envahit l'habitacle. Dans l'agitation, les regards se croisent, incrédules. Mais moi, je la connais, cette odeur. C'est l'odeur des makrouts aux dattes de ma nounou, Fatima.

Ils sont là, les savoureux gâteaux. Et ma bienfaitrice aussi. Elle me caresse les cheveux. Mon Dieu, qu'elle est douce, cette caresse. J'ouvre les yeux. Comme toujours, Fatima est habillée simplement, efficacement. Elle porte un jean et un pull uni que ses rondeurs embellissent. Elle sent bon, ce parfum qu'elle met depuis toujours, aux effluves prononcés de musc. Ses longs cheveux épais et noirs sont mal coiffés, rassemblés en une vague queue de cheval. Des mèches tombent ici et là autour de son visage doré. Ses yeux sombres et vifs m'observent tendrement.

— Quel jour sommes-nous, j'ai dormi toute la nuit ?

— Nous sommes dimanche, ta maman avait un travail urgent à finir, elle m'a appelée pour l'aider. Elle m'a dit que tu étais souffrante, tu te sens bien ? Devine ce que j'ai fait ce matin.

— Maman t'a appelée ? Je sais ce que tu as cuisiné, je les sens, tu as fait des makrouts.

Alors que ce mot suscite habituellement un afflux de salive dans ma bouche et une envie coupable de m'empiffrer, la vue soudaine de ces douceurs provoque l'exact opposé. L'infernal spasme me saisit de nouveau. Et c'est reparti pour les trombes de vomi, cette fois-ci dans le réceptacle que Fatima a prévu.

— Ce n'est rien, Alice, ça va aller, *hbibi*, ne t'en fais pas.

Hbibi, c'est le petit nom que me donne Fatima. Souvent, elle le chuchote seulement. Il me fait l'effet d'un baiser déposé sur mon corps meurtri. Elle me serre dans ses bras. Je me laisse aller à l'étreinte, au milieu de toute cette puanteur. Même dans la mélasse peut surgir la grâce. Fatima soigne les mots de ma mère. Elle les pulvérise avant qu'ils ne m'aient trop blessée. Grâce à elle, les plaies sont toujours superficielles. Les torpilles de ma mère devraient me rendre infirme. Grâce à Fatima, je ne garderai que des cicatrices légères, comme celles que portent fièrement les grandes guerrières.

Chapitre 2

Valentine de Barnay

S'intéresser à l'enfant, c'est s'intéresser à l'humanité.
Il faut enseigner à l'adulte que l'humanité peut devenir
meilleure seulement s'il s'intéresse d'abord à l'enfant.
Nous devons tous nous rendre compte
que l'enfant construit l'homme.
Maria Montessori

J'AI peu d'autres souvenirs de mon enfance, je crois que ça n'en valait pas trop la peine. Cependant, je me souviens nettement de Lucie. À huit ans, je fus invitée chez elle. Lucie était la seule fille de mon école qui m'avait acceptée comme camarade. Je voyais Lucie en classe et notre amitié naquit sur les bancs de la cour. J'étais déjà très solitaire. Sa gentillesse et son humour réussirent à briser mon silence et une belle entente grandit entre nous. Lucie était lumineuse. Toujours souriante, ses épais cheveux bruns entouraient deux grandes billes noires percutantes. Elle était ronde et s'en moquait. Elle était belle.

Un jour, sa mère proposa à la mienne que nous passions du temps ensemble un dimanche après-midi. Ma mère accepta, étonnamment. Lucie était issue d'une famille convenable, aisée, donc notre entente fut tolérée par ma famille, même si ma mère ne voyait pas d'un bon œil ce sentimentalisme. Le copinage, à moins d'être intéressé, n'était pas dans sa palette des comportements souhaitables. J'avais huit ans après tout, elle aurait pu comprendre que je me laisse aller à une petite camaraderie.

Lucie était fille unique. Ses parents m'accueillirent chez eux chaleureusement. L'après-midi s'amorça par un goûter gargantuesque, durant lequel défilèrent toutes sortes de pâtisseries. Sa mère avait préparé des tartes et des gâteaux comme si toute la classe était de la partie. Nous n'étions que toutes les deux. Je me rendis compte que mon amie Lucie comptait facilement pour trois ou quatre enfants. Entraînée par sa goinfrerie joyeuse, je m'empiffrai avec elle. J'emporterai sans doute dans ma tombe le souvenir de la tarte au chocolat. Rien n'égala depuis cette merveilleuse gourmandise.

Chez moi, je n'avais le droit à aucune sucrerie. Les femmes de ma famille avaient tendance à être grosses disait-on, et être grosse était aussi grave qu'être pauvre. La pire honte aurait été de cumuler les deux. Mon alimentation était millimétrée pour que je puisse conserver une taille menue.

Je mangeai tellement durant ce goûter que j'eus beaucoup de chance de ne pas être malade. Je crois que les parents de Lucie nous arrêtèrent toutes les deux à temps. Nous montâmes ensuite dans sa chambre. Elle était aussi pittoresque que la mienne était austère. Des couleurs, des dessins, des dentelles à foison, une vraie chambre de petite fée. Dans ce décor de nymphe, repues de plaisirs onctueux, nous lûmes un livre qu'elle avait reçu à son anniversaire. L'histoire était celle d'une princesse désargentée, condamnée à devoir travailler aux champs pour s'occuper de ses parents malades et ruinés. D'une beauté sans pareille, bien évidemment, elle attira l'attention d'un beau marquis qui passait par là. Je me souviens avoir été surprise de la rapidité à laquelle ce bon samaritain décida d'épouser la belle misérable et d'apporter tous les soins nécessaires aux parents. Puis, en quelques pages à peine, ils s'aimèrent et eurent beaucoup d'enfants. Ce conte me parut magique et j'espérais secrètement que ma propre situation puisse s'améliorer aussi vite. Qu'un généreux seigneur me sauve de cette bougresse de mère.

J'eus grande peine à partir de chez Lucie. Ma mère vint me chercher à l'heure convenue. J'aurais voulu que dure toujours cette parenthèse sirupeuse. J'espérais que s'éternise le bavardage de convenance entre nos mères pour profiter encore quelques instants de ce cocon un peu tiède. Comme à son habitude, ma mère était apprêtée comme si elle se rendait à un entretien d'embauche pour le poste de ministre des Armées. Les habits coûteux qu'elle portait comprimaient son corps menu, à la pointe de la mode. Ses jambes lisses et frêles s'échappaient de sa jupe droite aux motifs géométriques ennuyeux. Ses chaussures luxueuses claquaient sur le sol à chacun de ses pas et prolongeaient son corps filiforme. Son manteau de fourrure, qu'elle tenait avec soin sur son bras, ne laissait planer aucun doute sur son immense richesse. Ma mère n'était pas belle. Son visage taillé à coups de serpe affichait un sourire factice qui la rendait encore plus laide. Les deux femmes ne trouvaient pas grand-chose à se dire et elles se hâtèrent de finir ces échanges hypocrites, à mon grand regret.

Dans la voiture, enhardie par cette agréable après-midi, je fis le récit à ma mère de cette fable de belle jeune fille aux parents mal en point. « Valentine, je te préserve de ces âneries car ce n'est pas ça, la vie » me dit-elle d'un ton sec.

Et elle piétina ensuite avec grand soin l'espoir qui s'était forgé en moi l'après-midi durant.

— En réalité, personne ne s'occupe des gens pauvres et garde-toi bien de tomber dans cette situation. Sache que ton prince charmant de mari ne s'intéressera à toi, que de temps en temps, poussé par ses besoins, jusqu'à tes premières rides puis il s'intéressera à d'autres, moins ridées. Dans notre monde, ta belle princesse aurait été obligée de se soumettre à un métier aussi vieux que dégoûtant tout en voyant ses parents mourir dans d'affreuses souffrances. Ma petite chérie, oublie vite ces âneries et ne compte que sur toi-même.

Je fis de terribles cauchemars pendant plusieurs semaines ensuite. Et quelques rêves vengeurs dans lesquels c'était ma mère qui souffrait. Je dois admettre que la suite de l'histoire lui donna raison. Sa cruauté me tissa une cotte épaisse contre les vicissitudes de la vie. Après avoir vécu ma mère, j'étais parée à tous les combats.

Lucie et sa maison enchantée m'accueillirent encore quelques fois. Les retours chez moi m'étaient toujours très douloureux. Observer le gouffre béant entre son quotidien et le mien me causait toujours beaucoup de chagrin, si bien que petit à petit, je me fis plus méchante que je ne l'étais vraiment. À table, entre nous, ma mère se moquait des rondeurs de ma nouvelle amie. Je ressentais ses railleries comme des coups de poignard. Elle me semblait si jolie. Un jour, j'assénai à mon amie les propos massacreurs de ma mère. Elle pleura un bon coup et elle prit ses distances. Je fus heureuse de ne plus avoir à envier avidement l'amour qui dégoulinait de son foyer et qui me collait au doigt. Je ne me fis plus aucune amie durant plusieurs années. Je me réfugiais dans les apprentissages et les savoirs pour tenter de remplir mon âme. Mon esprit était plein autant que mon cœur était vide. Sans doute espérais-je que par un obscur effet de vases communicants, je pourrais trouver ainsi un équilibre et avancer malgré mon infirmité affective.

Pourtant, enfant, je me pensais nulle. Alors, pour ne pas être la dernière, j'étais toujours la première. Je compris bien vite que pour mon salut, il était préférable de choisir l'éminence à la petitesse. Si j'avais été médiocre, j'en serais sans doute morte, terrassée par la peur de faillir. Mon intelligence fut le radeau qui me permit de naviguer dans les eaux houleuses de mon enfance. Je surfais ainsi sur cette précocité intellectuelle jusqu'aux études supérieures.

Je finis major de ma promotion à l'école HEC. Après plusieurs années d'ascension remarquable, j'intégrai le prestigieux cabinet de conseil que je dirige désormais. À chacune de ces étapes, à chaque bulletin, à chaque diplôme, à chaque promotion, j'ai scruté le regard de ma mère, y cherchant un peu de joie et de fierté. Son regard glacé était toujours fuyant. J'observais, triste, les parents fiers et enjoués de mes camarades médiocres et suffisants. Ma mère, elle, restait impassible, en toutes circonstances. Était-elle humaine ? m'étais-je un jour demandée. Après tout, c'est elle qui avait attendu de moi tous ces efforts, ce parcours sans faute, cette gloriole idiote. C'est elle qui m'avait engueulée à la moindre note un peu moins bonne. C'est bien elle qui m'avait rabâché que je lui devais bien ça, que sans moi elle aurait sans doute fait encore mieux. Qu'à cause de moi son seul amour, mon père, avait pris le large et que sa vie entière avait été gâchée. Alors réussir à l'école, être la meilleure d'entre tous, être à la tête de tout, tout le temps, ce n'était qu'une juste réparation des dommages que j'avais causés, sans même m'en rendre compte. Je crois que j'ai réparé plus qu'il n'en fallait.

À HEC, ce ne fut pas toujours simple d'être la première, car celui qui allait devenir mon mari me talonnait. Pierre de Richebois, ce vaniteux, s'était juré de sortir de l'école avec un classement meilleur que le mien, ou de m'épouser. Il dut m'épouser. Je me laissai faire. Après tout, pourquoi pas. Je ne pense pas lui avoir plu, je suis désagréable et d'un physique tout à fait commun. Mais mon nom l'est moins. Et surtout quel plaisir pour lui de parvenir à assujettir la Valentine de Barnay.

Pierre n'était pas bien méchant et j'ai même quelques souvenirs de franches rigolades lors de mes rares soirées avinées. Il faut dire qu'il m'en fallait peu, un verre ou deux et j'étais complètement saoule. De cette ivresse surgit une nuit le désir. De ce désir naquit l'amour. Je trouvais sa blondeur pâle en accord avec la mienne. Il aurait pu être mon frère. Son visage émacié était ordinaire et cette beauté facile me plut. J'aimais son corps sans poils et sans aspérités. Au gré des mois et des émois, je tombai amoureuse. Je ne sus pas bien quoi faire de ce sentiment nouveau. Il se traduisait chez moi par une obsession gênante pour sa personne. Il occupait mes pensées, mes envies, mes rêves. Je le voyais dans les personnages que je lisais. Je croyais le reconnaître dans les foules. Son odeur flottait en permanence autour de moi, tel un halo ensorceleur, invisible mais bien étroit, qui me tenait prisonnière de lui. Pierre n'a jamais été du genre sentimental. Mais chacune de ses attentions, la moindre de ses caresses, la plus petite délicatesse me faisaient l'effet d'un shoot de dopamine. Une sensation de plaisir intense jamais éprouvée jusqu'alors. J'étais droguée, tenue en haleine jusqu'à la prochaine faveur que mon dealer me concèderait. Là encore ma mère me sauva malgré elle. Mon éducation fut le tuteur qui me maintint bien droite et m'empêcha de me vautrer à terre pour lui baiser avidement les pieds alors que j'en crevais d'envie.

Quand Pierre me demanda en mariage par ambition, je lui répondis oui par amour. Je crois que son nom de famille fut un argument de taille pour ma génitrice. « De Richebois », cette évocation était parfaite. Elle acquiesça. Nous nous mariâmes en petit comité, dans un restaurant chic et terne.

L'union ne fit qu'accroître mon addiction. Je multipliais les stratagèmes pour m'assurer ces doses de tendresse providentielles. Je les voyais pourtant diminuer comme peau de chagrin dès nos premières semaines de mariage. Résolue à ne pas être privée de cette allégresse, je forçais un peu le destin, arrachant de force à mon mari les quelques grammes de bonté qu'il était en mesure de m'accorder. Je nous organisais des dîners, des sorties, des balades, des occasions diverses et variées, desquelles il parvenait de plus en plus à se soustraire sous différents prétextes. Il m'échappait comme une anguille encore pleine de vigueur, visqueuse, et déterminée à ne pas être pêchée. Je souffrais terriblement de ne pas réussir à l'hameçonner pour de bon. À peine avais-je goûté au délice d'être aimée, du moins considérée, que déjà on me privait de ces menues réjouissances.

Un soir où il était convenu que nous dînions ensemble, je pris le temps d'organiser une somptueuse soirée. Je commandai un repas exceptionnel en l'honneur de ce trafiquant d'amour qui s'ignorait : des pâtes fraîchement pétries par un Italien renommé, du pain de la meilleure boulangerie, du vin d'un cru fabuleux, des mets à la truffe, du homard, du Saint-Pierre, des Saint-Jacques. Il me prévint à 21 heures. Que je ne l'attende pas ce soir, il avait encore beaucoup à faire.

Je me retrouvais seule face à ce faste ridicule. Le visage terne éclairé par ces chandelles grotesques. Les flammes des bougies vacillaient au rythme de mes sanglots, affolées par ce chagrin qui remplissait toute la pièce. Prise d'une frénésie vengeresse, j'ingérai avec hargne ce pitoyable festin jusqu'à ce qu'il n'en reste plus une miette. Je fus malade toute la nuit et sevrée à tout jamais de cet amour tartufe.

De ce jour, notre foyer se transforma en colocation de luxe, chacun vacant à ses occupations et tolérant celles de l'autre. Pierre ne fit d'abord rien de son prestigieux diplôme. Il se perdit dans une carrière assommante d'auditeur financier que je suivais de loin. Plus tard, il ouvrit le golf qu'il dirige encore aujourd'hui. Sa dernière maîtresse en date l'y avait poussée. Pierre multipliait les liaisons. Nous convînmes sans le dire que c'était bien ainsi. Nous dînions encore parfois ensemble, conviés par des connaissances communes. Nous organisions aussi des soirées au gré de nos besoins sociaux et de nos projets respectifs. Je me fis la promesse définitive de ne plus goûter à cette drogue qu'est l'amour. Et je dirigeai toute mon énergie vers ma réussite, dont Pierre ne fut plus qu'un instrument. J'appris à apprivoiser les hommes et les femmes comme une légion, diligentée pour ma prospérité. Notre couple ne fut plus qu'une entente tacite, une alliance stratégique.

Même la venue d'Alice ne nous arracha pas à notre morosité. Je tombai enceinte alors que je travaillais comme une acharnée pour obtenir le poste de directrice générale. À trente-deux ans, je m'apprêtais à réaliser un tour de force sans précédent. Tout était avec moi. Les chiffres enflaient. Les clients m'adulaient. Les commandes affluaient. Mes collègues me craignaient. Mes chefs s'inclinaient. Ma nature hautaine me conférait un charisme remarquable, qui faisait flancher les colosses les plus féroces. Je gravissais les marches vers le sommet, comme désignée par les dieux. Telle une Hercule réincarnée, j'écrasais sans peine chaque monstre, brandissais des armes toujours plus affûtées et coupais cruellement les têtes qui dépassaient. Et même si elles repoussaient, ma rage était toujours plus forte, dussé-je me battre éternellement. Je rachetai moi aussi un infanticide. Le mien.

Je n'avais pas envie de cet enfant. Je ne sais pas pourquoi je décidai de le garder. Je crois que je fus guidée par quelque chose de plus fort que moi. Il fallait que je le fasse. Il fallait que s'extraie de ma personne un prolongement de moi. Nous faisons mine de l'oublier, nous feignons de diriger nos vies, mais la nature nous domine malgré nous. Nous sommes faits pour être aimantés par d'autres corps. Avec ou sans plaisir, nous sommes faits pour nous emboîter. Nous sommes faits pour que de ces emboîtements gauches naissent d'autres corps qui subiront le même sort. C'est ainsi. J'acceptai mollement cette situation et cherchai surtout très vite des solutions de garde. Je fus ravie de constater que la grossesse était finalement une période très favorable. Les hormones certainement, ajoutèrent à ma hauteur naturelle, une aura sans précédent. Il fallait voir comme j'en imposais avec vingt kilos de plus et cette énergie décuplée. Plus redoutable que jamais, je n'étais plus qu'à quelques mètres du sommet quand Alice apparut. Je m'étais préparée avec soin à son arrivée. Tout était pensé pour que cet être n'entrave en rien mon élévation. Je voyais ces femmes faire tout un plat de la maternité. Comme si elles oubliaient que cet événement s'était joué avant nous des milliards de fois. J'étais persuadée que j'étais différente, totalement libérée du fameux instinct maternel. Une défaillance qui me prémunissait de tout attachement gênant, pour mon enfant à naître, comme pour n'importe qui d'autre. J'avais tout faux. Alice fit des brisures dans mon armure. Je sentis mon amygdale fonctionner à plein régime à la minute où elle fut déposée dans mes bras. J'endurai comme une plaie cette vive attirance. Elle me sembla si vulnérable, si frêle, dépourvue de tant d'aptitudes, que oui, l'envie de la cajoler me saisit malgré moi. Je fus piquée par cet instinct d'amour, par cette pulsion d'affection et je passai quelques nuits agitées, ne comprenant pas bien comment mon esprit pouvait ainsi m'échapper et se détourner du but pour lequel je travaillais depuis des mois. Pierre en revanche ne montra à Alice qu'un intérêt tout relatif. L'arrivée de sa fille fut surtout un événement social qui lui permit de consolider son rôle de nabab.

Il fut difficile de colmater les fêlures mais j'y parvins. Je réussis à enfouir bien profond ces babillages de femelle. Je retournai vite à mes occupations. Il me fallut d'abord trouver quelqu'un pour s'occuper d'Alice. Je mis une annonce comme le font tant d'autres familles. Le mot d'ordre : la facilité ! Il me fallait une personne organisée, capable de donner à Alice plus que ce que j'avais reçu (ce n'était pas bien compliqué), encline à adopter nos codes en dépit de la différence de niveau social qui serait évidente. Une agence me prêta main-forte dans l'opération. Plusieurs femmes, plus ou moins jeunes, plus ou moins claires, plus ou moins convaincantes, plus ou moins belles, plus ou moins odorantes, défilèrent les samedis matin quelques semaines avant l'arrivée d'Alice.

Ma mère m'a élevée dans la haine des individus qui ne se conforment pas strictement à ses exigences de couleurs, de vocabulaire et d'orientation sexuelle. Ma maîtresse de grande section, loin d'être conforme, incarnait à merveille ce que ma mère tenait pour mauvais. Elle avait la peau sombre, parfaite. On eût dit un cuir tanné jusqu'à la perfection. Je garde intacte l'image de ses grands bras ouverts à tous, le son de sa voix suave qui cajolait chacun de nous, et la gentillesse des petits noms qu'elle me donnait, à moi. « Valentinette », « Valentiti », « Mon petit génie », « Ma puce ». Une fois, je me blessai dans la cour de récréation. Rien de grave, une égratignure un peu plus profonde que d'ordinaire, mais qui me fit pleurer à gros sanglots. Elle me prit sur ses genoux et ma tête vint se loger naturellement dans sa poitrine dodue. Tandis que je tentais de faire durer un peu plus mon chagrin pour que dure un peu plus ce câlin, elle caressait mes cheveux et me soufflait du réconfort dans les oreilles. Elle me semblait être un chérubin, descendu du ciel pour me rappeler que j'avais de la valeur. Qu'il ne fallait jamais que je l'oublie. Dans les années qui suivirent cette parenthèse enchantée de plusieurs mois, quand la douleur devenait trop forte, je fermais les yeux et je rêvais éveillée que j'étais blottie dans l'alcôve de ses bras charnus. Ma mère pouvait crier, injurier, incendier, j'étais protégée par ces heures passées aux côtés de mon ange gardienne. Par la suite, je vécus les mots xénophobes de ma mère comme des calomnies directement dirigées contre la bonté de cette femme généreuse comme aucune autre. Je me sentais personnellement agressée par son racisme.

Ma mère ne manquait jamais une occasion pour souligner les défauts des individus qu'elle croisait ou dont on parlait dans les médias, à la lumière de leur origine. Évidemment que tel accusé était un voleur, puisque c'était un Arabe. Impossible d'innocenter cet Africain, le mal coulait dans son sang. Naturellement, les objets perdus étaient volés par la femme de ménage portugaise. Et le dégradé de couleurs qu'offre l'humanité correspondait au degré d'importance qu'elle pouvait accorder aux gens. Dans son monde à elle, seuls les Blancs pouvaient occuper des positions supérieures, car Dieu les avait faits meilleurs, plus intelligents, plus civilisés. Dans sa hiérarchie, il y avait tout en bas les personnes noires, très noires (les considérait-elle comme des personnes, je ne suis pas sûre), venaient ensuite les basanés, puis les Latins et enfin les Blancs de blanc, comme le champagne.

Mon bouclier à sa haine, c'était la réminiscence de ma maîtresse aussi noire que gentille. Plus tard, je ne pus que constater que la couleur de la peau n'influe en rien la qualité des neurones. D'ailleurs, peu importe votre couleur, vos neurones sont toujours gris. Que mes collaborateurs fussent noirs, jaunes ou verts, je pus allègrement observer des faiblesses et des forces universelles, distribuées équitablement au gré du bingo génétique et du loto généalogique.

S'agissant des nounous, je n'avais donc rien contre la variété de cultures, de couleurs et d'accents qui me furent proposés. J'étais en revanche agacée par l'indolence de l'une, l'insolence de l'autre, l'inexpérience de celle-ci ou l'inculture de celle-là. Une dénommée Sarah entendait gouverner ma maison comme si ce fût la sienne. Je fus abasourdie par cette Aurélie qui s'occupait des enfants comme on gère une blanchisserie. Elle ne parlait que de laver, récurer, javelliser, désinfecter. Cette Amanda n'en pouvait plus d'élever des enfants et peinait à faire semblant qu'il en fût autrement. Quant à Fatou, je ne saurais dire s'il s'agissait de timidité, de mutisme ou d'anxiété, mais ses réponses ne dépassaient pas trois mots et ne volaient pas bien haut.

L'une d'elles sortait clairement du lot. À vrai dire, je fus même troublée par cette Fatima. Elle nous avait été vantée par des clients du golf de Pierre qui s'en séparaient avec peine, les enfants étant devenus grands. Son vocabulaire était riche et son langage soutenu. Sa présentation impeccable ne laissait planer aucun doute sur son sérieux. Elle respirait l'honnêteté et la fiabilité. Mais surtout, elle était gracieuse et souriante. D'elle émanait un halo de chaleur et de bonté.

Je ne regrette rien de mes jeunes années. Mon enfance, certes aride, a été aussi le terreau fertile de ma réussite. Mon opiniâtreté et ma ténacité ont pris racine dans ces temps morts de ma vie. Il fallait en trouver, des trésors de solidité, pour vivre ses affronts, endurer son mépris et supporter son indifférence ! Ma carapace est si épaisse qu'il peut bien pleuvoir des bombes, je suis pour toujours à l'abri. Cette armure, n'est-ce pas une qualité précieuse à offrir à son enfant ? Elle me paraissait si tendre, cette Fatima, ne l'était-elle pas trop ? Tandis que je la scrutais, j'entendais aussi la voix suave de mon enfance. Ce murmure qui m'implorait de donner à Alice ce que j'étais bien incapable de lui offrir : la joie d'être enfant et le bonheur d'être aimée. Ce que Pierre n'envisageait pas une seule seconde : s'occuper de sa fille. Il fallait bien que quelqu'un prenne soin de ce petit être qui m'avait fait tant d'effet. Le murmure gagna, et Fatima prit ses fonctions auprès de ma fille.

Quelle ne fut pas la tête de mes collègues quand ils me virent débarquer une semaine après mon accouchement. Là encore, les gens oublient la nature profonde de l'humain. Croyez-vous vraiment que nos ancêtres préhistoriques prenaient trois mois après chaque accouchement pour pouponner ? Elles repartaient plutôt à la cueillette aussitôt le placenta expulsé !

Chapitre 3

Fatima Ayouch

L'esprit absorbant accueille tout, espère tout ;
il accepte la pauvreté comme la richesse ;
il accepte la foi, les préjugés et les coutumes de son milieu :
tout est incarné en lui. C'est cela qu'est l'enfant !
Maria Montessori

La maîtresse regarda la feuille d'écriture pendant de longues minutes, le front plissé, les sourcils froncés.

— C'est toi qui as fait ça, Fatima ?

— Oui, madame.

— Ce n'est pas beau de mentir, Fatima.

— Je ne mens pas, madame.

— Alors recommence, je te regarde.

J'ouvris alors mon cahier. Il sentait cette odeur du papier neuf que j'adore encore aujourd'hui. Je cherchai dans ma trousse mon crayon à papier. Je le taillai et je poussai soigneusement les pelures dans un coin de la table. Je me penchai sur les lignes du cahier, déterminée à partir à leur assaut pour montrer à ma maîtresse, à tous mes camarades, à quel point je m'étais entraînée tout l'été. Je me mis à tracer les lettres. Des lettres naquirent des mots. Des mots surgirent des phrases. Des phrases parurent tout un texte. Un texte que j'avais appris par cœur, écrit et répété tout l'été. Je n'en comprenais pas bien le sens mais je trouvais que les mots jouaient une jolie mélodie.

Est-ce une poussière dans ton œil ?
Est-ce une douleur ?
Ou verse-t-il des pleurs
À cause d'une demeure
Vide de ses habitants ?
Mes yeux ressemblent,
Quand son souvenir m'effleure,
À des torrents ruisselants
Sur mes joues.[1]

Ma mère, Layla, que Dieu la garde en bonne santé, a toujours été une femme affectueuse et prévenante, surtout avec nous, ses filles. Je remarquai tôt cette singulière inclination qu'elle a toujours eue pour la cause des femmes. Avait-elle trop souffert de sa condition ? Le sentiment d'injustice était-il trop fort en elle ? Dieu l'avait-il mise sur la route des hommes pour qu'ils puissent s'éveiller à la grandeur du féminin ? Nous étions deux filles et trois garçons. À cette époque, dans ce pays, le Maroc, et à ce niveau social, il n'était pas courant d'accorder tant d'importance à ses filles. À vrai dire, je crois que je n'ai vu personne d'autre chérir à ce point ses filles. Elle aimait ses fils aussi bien sûr, mais nous autres, rejetons de l'autre sexe, n'avons jamais été inférieures dans son cœur. Layla était si pressante

1. Poème d'Al-Khansā.

auprès de mon père, usant et abusant de tous les stratagèmes en son pouvoir, qu'il finit même par concéder que nous puissions aller à l'école, lire et nous instruire, comme n'importe quel petit garçon. Comment faisait-elle pour assujettir mon père à ses convictions ? Ma mère avait une arme infaillible : ses makrouts. Je la soupçonne d'avoir modulé leur goût en fonction des décisions qui devaient être prises. D'excellents makrouts auguraient la clémence paternelle. Une décision injuste se traduisait aussitôt par un affaissement brutal de la recette, au point que la friandise, jadis si délicieuse, en devenait immangeable. Mon père était tout simplement drogué à ces sucreries que ma mère savait divinement bien préparer, quand elle le voulait bien. Alors sa gourmandise fut vite la boussole qui guida toute la maisonnée vers un féminisme avant-coureur, laissant aux filles autant de place qu'aux garçons.

C'est si beau un enfant, si innocent, naturellement bon, enjoué, positif, intelligent, aimant… Peut-être est-ce parce que je fus cette petite fille choyée que la compagnie des enfants me fut toujours agréable. Quoi de plus touchant sur cette planète qu'un enfant, ces sourires faciles, ces visages poupons, tout ronds, que la nature a conçu parfaits comme pour nous dire « voyez cette beauté, protégez-la comme la plus belle de mes œuvres ». Chez moi au Maroc, dès toute petite, j'étais toujours affairée à m'occuper des enfants des autres, et j'adorais ça. Dès sept ou huit ans, je me souviens que je passais un temps infini à cajoler la cousine qui venait de naître, à préparer le repas du cousin qui marchait à peine et même plus tard, à apprendre à lire au grand du voisin qui avait cinq ans. Quand nous quittâmes le Maroc et que nous arrivâmes en France, je repris cette habitude et je fus la nourrice de tous les enfants de la cité.

J'étais une très bonne élève et ma mère exigeait de chacun de ses enfants de grandes études. Tous les enfants de Layla devaient réussir. Il était hors de question que nous n'atteignions pas au moins bac +5. Ma mère nous rappelait souvent que pour nous, elle avait quitté ses montagnes verdoyantes. Qu'elle avait remplacé sa nature luxuriante par cette cité grisonnante. Il était hors de question que ce sacrifice ne se traduise pas par une réussite éblouissante de ses enfants dans la société. Elle n'attendait pas de nous de prendre l'ascenseur social, elle exigeait que l'on trouve la fusée, pour être propulsés au plus haut. Ses fils, comme ses filles, étaient poussés à l'excellence et aux longues études. « Mais pour vous c'est facile mes fils, vous n'avez aucune excuse de ne pas y arriver. Vous, mes filles, vous allez devoir vous battre plus parce que les hommes n'ont pas encore compris. » L'exigence sur ma sœur et moi était encore plus lourde. Aussi longtemps que je m'en souvienne, ma mère nous rappelait régulièrement, à ma sœur et moi, la liste des métiers envisagés pour nous. Quand les enseignants ou les directeurs d'écoles lui faisaient remarquer qu'il était tout de même préférable de laisser l'enfant choisir le métier qu'il pourrait exercer plus tard, ma mère balayait d'un revers de la main ces considérations bien françaises et répondait en haussant les épaules, étonnée : « Laisser le choix ? Eh bien, elles ont le choix, mes filles ! Elles peuvent choisir de devenir ingénieurs, médecins, banquières, architectes, c'est bien aussi. Elles peuvent même devenir ministres si ça leur chante. Vous savez quoi, mes filles, elles sont tellement intelligentes qu'elles peuvent devenir présidentes de la République, oui, vous avez bien entendu, présidentes de la République, l'une après l'autre. » Ses mains s'agitaient alors dans l'air comme une magicienne qui jetait un sort. Ses attentes me terrifiaient. J'allais forcément la décevoir parce qu'il est évident que jamais je ne serai présidente de la République. D'ailleurs, je n'en avais pas du tout envie. Mon truc à moi, c'était les bébés. Pour ma mère, les bébés, c'était le sujet des femmes depuis trop longtemps. « Il est temps que les femmes passent à autre chose, Fatima. » Alors quand j'annonçai à ma mère que j'allais faire des études pour être éducatrice de jeunes enfants, un bac +3, elle leva les bras au ciel et tempêta :

— Mon Dieu, Fatima, si tu veux t'occuper absolument des bébés, fais pédiatre.

— Maman, je ne veux pas soigner les bébés, je veux les aimer.

Au grand dam de ma mère, je devins éducatrice de jeunes enfants en crèche, tandis que ma sœur finissait son cycle de contrôle de gestion. Les comparaisons entre elle et moi étaient monnaie courante. Ma sœur, elle avait quitté la cité et elle avait épousé un ingénieur. Moi, j'étais toujours là, mariée à un garagiste. Ma sœur, elle avait une maison, avec un jardin et une voiture, qu'elle conduisait. Moi, j'avais abandonné l'idée de savoir conduire un jour, au bout du troisième échec à l'examen de conduite. Et je vivais dans la même cité que ma mère. Ma sœur, elle était devenue cheffe, elle dirigeait des gens, elle dirigeait des hommes. Moi, j'étais à la merci des femmes bourgeoises incapables d'élever leurs enfants. Ma sœur, elle en avait trois, des enfants. Moi, même ça, je n'y arrivais pas.

Mon mari était un homme sympathique, discret et enjoué. Patrick était garagiste dans le quartier, respecté par tous dans la cité car il savait y faire avec les véhicules motorisés. Il n'était pas avare de services et de réparations rapides au détour d'une rue. Avant de nous marier, nous nous croisions de temps en temps et je voyais bien que je ne laissais pas indifférent. Un jour, il me proposa d'aller au cinéma. Je savais qu'un Français, ce n'était pas idéal pour la famille. Qu'importe, il me plaisait bien à moi, avec ses rares cheveux, ses yeux clairs, sa timidité délicate et ses sourires modestes.

Il me proposa de choisir un film. J'optais pour ce film qui parle du fabuleux destin d'une Amélie niaise comme un poulain. Elle me plut, cette histoire de fille trop sotte pour être méchante et trop gentille pour être sotte. J'eus envie que notre histoire fût aussi légère et facile que ce film. C'est drôle comme les histoires peuvent nourrir notre histoire. Nous nous mariâmes au printemps suivant. J'insistai pour rester dans mon appartement, il vint vivre chez moi, et tout fut simple. Aucune surprise. Il était aussi gentil marié que célibataire. Il m'aidait sans rechigner à la tâche. Il débarrassait ses couverts. Il ne laissait pas traîner son linge sale. Il passait l'aspirateur. Il allait au marché. Il m'embrassait sur la joue. Il était toujours d'accord. Un chic type.

Chaque mois, je m'efforçais d'accomplir le devoir conjugal qui aurait dû engendrer cet enfant tant attendu. À ma grande déception, cet acte n'avait pas grand-chose de réjouissant. Mais, je me disais, a minima, que j'en retirerais le bonheur suprême : celui d'être mère. Et chaque mois, je constatais, abattue, que mon corps n'avait pas su faire jaillir la vie de mes entrailles. Cet échec était cruellement visible. Le sang s'écoulait de moi, abondant et insultant. Il me répugnait tellement. Les semaines, les mois, les années passèrent. Les gens du quartier prenaient des nouvelles, bien souvent gentiment. Je savais ce que voulaient vraiment dire leurs questions, même posées poliment. Je lisais dans les regards. « Allons donc, vous n'avez toujours pas d'enfants. Que se passe-t-il ? Vous êtes malades ? Et les médecins que disent-ils ? Il n'y a donc vraiment rien à faire ? Comme c'est dommage, une jolie femme comme toi. Peut-être est-ce parce qu'il est français, vous n'êtes pas compatibles, ça doit être ça. Rien ne vaut un musulman fidèle à la prière. »

Foutaises. J'étais stérile, un point c'est tout. Et ces années infécondes desséchèrent notre couple jusqu'au divorce.

Quant à mon travail, je fus d'abord terriblement déçue. Je crus que j'allais faire d'une passion une vocation. Je fus réduite à un travail à la chaîne. J'adorais prendre soin des bébés. Je détestai cet emploi qui m'en empêchait. Dieu nous a donné deux bras et même en ouvrant les miens très largement, je n'arrivais pas à y accueillir tous ces bébés qui nous étaient confiés. De mon mieux, j'essayai d'assouvir les besoins de chacun, consolant l'un pendant que je berçais l'autre, courant éteindre les pleurs de celui-ci tandis que celui-là avait besoin d'être changé. Je finissais mes journées éreintée et frustrée de n'avoir pu répondre aux vrais besoins de chacun de ces bébés. J'étais en colère contre ceux, qui, à l'abri dans leur bureau, avaient mis en place un système qui broie les bébés et nie leurs besoins. Le triomphe du productivisme sur l'attachement. Je lisais beaucoup et j'essayais de mettre en place des tactiques pour y arriver malgré tout. Je me suis maintes et maintes fois posé la question : de quoi ont-ils vraiment besoin ? La réponse est évidente, mais son application beaucoup moins : un bébé a besoin de dévouement. Un bébé a besoin d'être porté, dorloté, embrassé, cajolé, bercé, chouchouté, gâté. Mais comment faire quand ils sont cinq, six, parfois dix. C'est impossible. Au bout de quelques années, à bout de force, je décidai de quitter ce travail.

Je pris la décision de travailler pour une famille, à leur domicile. Cette situation était bien plus confortable. J'avais en charge trois enfants. Je pouvais ainsi m'occuper d'eux pleinement. Une bouffée d'air frais dans cette vie ébréchée par mon désir inassouvi. Les enfants, leurs rires, leurs pitreries, cette force vitale, rejaillissaient sur moi et adoucissaient mes peines. Et surtout, travailler avec des enfants requiert des talents de refoulement. Si vos chagrins sont palpables, les enfants, surtout les plus petits, s'en emparent et vous font vivre des journées abrutissantes. De ces journées desquelles vous sortez lessivées, comme si des heures durant, il avait fallu lutter contre une sempiternelle tornade. J'ai pu souvent constater que plus j'étais triste, plus les enfants me faisaient payer ma tristesse. Ou alors était-ce leur façon bien à eux de m'en détourner. Quoi qu'il en soit, je rentrais alors le soir, embrumée par leurs jérémiades incessantes. Les oreilles sifflantes. Alors pour ne plus revivre ces journées, je laissais au quartier la Fatima abîmée et j'endossais de bon gré le rôle de la Fatima enjouée. Les enfants entraient dans mon jeu et nous déroulions ensemble le spectacle lumineux de semaines d'insouciance.

Madame de Barnay, la maman d'Alice, prit contact avec moi en juin. Mon contrat avec la famille qui m'employait depuis cinq ans prenait fin, les enfants avaient grandi, ma présence n'était plus requise. Je cherchai alors la suite, un peu triste de laisser ces enfants que j'avais vus grandir. C'est le lot des nourrices. Nous payons la primeur de leurs câlins par la douleur d'en voir la fin.

Comme convenu, un samedi matin, je me rendis donc au 119, rue de l'Yvette, dans le 16e arrondissement de Paris pour rencontrer madame de Barnay. D'abord prendre le bus 146 jusqu'à Bobigny-Pablo Picasso. Ensuite le métro ligne 5. Douze arrêts, jusqu'à République. À République, il fallait prendre la ligne de métro 9 jusqu'à Jasmin. À Jasmin, il fallait emprunter la sortie 1 « Rue Jasmin » puis marcher, très peu. Il me fallait une heure et quinze minutes pour y aller. Le trajet était facile.

J'étais déjà venue dans le 16e arrondissement quelques fois. Je trouvais cet endroit d'un ennui prodigieux. Les bâtiments rangés en bataillons étaient pour la plupart beiges, ternes et froids. Les façades tristes étaient prisonnières de ces balcons filants filiformes et sombres. Les cariatides, ces femmes sculptées en pierre de taille sur les façades, souffraient le martyre. Je les voyais empêtrées dans les constructions, forcées de porter à bout de bras balcons et corniches. J'éprouvais de la peine à les voir subir cette servitude éternelle.

J'appuyai sur le bouton de la sonnette du portail d'une maison de ville. Madame de Barnay vint m'ouvrir et me pria de la suivre au salon. Elle me proposa un café que j'acceptai. Je m'assis sur le fauteuil qui me fut désigné. J'attendais qu'elle revienne avec le café. J'observais cet intérieur opulent et m'y sentis petite et bête. Étais-je chez des gens ou dans un musée ? De majestueuses peintures ornaient les murs. Des portraits de gens riches aux habits de fils d'or. Tous m'observaient avec mépris. Leurs regards sortaient des cadres pour me fixer de haut. Ces Ploutos peints à l'huile semblaient me lancer au visage « mais que fais-tu là ? Est-ce bien ta place dans ce fauteuil ? Ne vois-tu pas que tu n'as rien à faire ici ? ». Je détournai les yeux, gênée d'être ainsi observée. Je ne pouvais pas m'empêcher de jeter tout de même des coups d'œil pour m'assurer que je divaguais. Ce n'était que des peintures. Mais je constatai avec effroi que leurs prunelles pesaient toujours sur moi. Je commençais à me sentir vraiment mal quand madame de Barnay revint enfin avec nos cafés.

Elle s'installa face à moi. Elle m'observa attentivement pendant de longues secondes avant de prendre la parole. Je compris à son regard perçant qu'elle était la riche héritière de ces gens dorénavant accrochés au mur. Ils nous zieutaient maintenant toutes les deux et je crois qu'elle avait intérêt à bien se tenir. D'ailleurs, malgré son ventre déjà bien rond, elle était raide comme un i. Elle me fit penser à ces cariatides que j'avais pris le temps d'observer dans la rue juste avant, au pied des immeubles voisins. Madame de Barnay ne semblait guère plus en vie que ces statues martyres. Elle aussi semblait forcée de porter à bout de bras un fardeau massif. Elle était de marbre. Elle me posa plusieurs questions sur mes qualifications, mes expériences, mes références.

— Parlez-moi de vous, pourquoi devrais-je vous choisir, vous ?

— Je suis passionnée d'éducation.

— Et cela est suffisant vous croyez ?

— C'est indispensable pour effectuer correctement son travail. Un enfant demande beaucoup d'attention et d'efforts. Si on n'aime pas ce travail, on ne peut pas bien le faire. Enfin je ne crois pas.

— Si je vous prends, vous vous occuperez uniquement d'Alice, ça ne devrait pas être bien difficile ?

Sa remarque m'agaçait. Qu'imaginait-elle ? Qu'un nourrisson était une poupée, qu'on l'habillait, qu'on le nourrissait et qu'on le changeait sans autre considération ? Pas compliqué, un tout-petit ? Quelle ignorance. Rien n'est parfois plus complexe qu'un bébé. Sauf peut-être deux bébés.

— Quand on s'y prend avec tendresse, en effet, ce n'est pas si dur. Je crois que l'important est de répondre à ses besoins, d'accomplir sa mission avec dévouement et douceur.

Elle semblait intriguée.

— Continuez, qu'entendez-vous par là ?

— Je pense qu'un bambin doit être entouré d'affection. D'ailleurs, j'ai appris de mes lectures que le cerveau se développe bien quand il est materné et quand il est bercé. Et je l'ai vu avec les enfants dont j'ai eu la charge. Je les ai bercés. Je leur ai chanté des chansons. J'ai joué avec eux de longues heures. Et j'ai vu ces petites graines devenir de grands gaillards heureux.

— Heureux, pourris et gâtés, j'imagine ?

Comment pouvait-elle se permettre de les juger sans les connaître ? Son jugement hâtif m'offensa. Elle dut le sentir.

— Absolument pas. Être aimante ne m'a pas empêchée de partager avec eux les règles de politesse et de leur apprendre la courtoisie. Bien au contraire. Appelez donc leurs parents, ils seront mieux placés que moi pour en parler.

J'étais échaudée et je me sentis rougir. Mais j'étais fière de ma réponse. Les enfants que je m'apprêtais à quitter étaient tout sauf mal élevés. J'en faisais une affaire personnelle. Nous restâmes plusieurs secondes sans rien dire. La vexation se transforma en gêne. Madame de Barnay me fixait sans me voir. Elle était ailleurs, dans des pensées qui semblaient l'emporter ailleurs.

— C'est parfait, vous commencerez le 3 juillet. Alice aura une semaine.

Chapitre 4

Alice de Richebois

L'enfant n'est pas un vase que l'on remplit,
mais une source que l'on laisse jaillir.
Maria Montessori

La voix de ma mère me parvient du rez-de-chaussée :

— Au revoir, Alice, passe une bonne journée.

— Au revoir, Maman, merci, passe aussi une bonne journée.

La porte claque. Je me sens dans une forme olympique. La perspective des prochaines heures me fait oublier que la trêve n'est pas tout à fait acquise. J'entends Fatima monter dans l'escalier. Elle pénètre dans ma chambre. Son odeur envahit mon espace. Elle sent bon comme toujours, ce musc qui m'apaise. Elle porte un pantalon côtelé et une chemise bleu clair. Je lui souris de toutes mes dents. Elle m'embrasse et me rend mon sourire.

— Alice, ta mère m'a dit que tu étais malade et que tu restais à la maison aujourd'hui, mais tu n'as pas l'air malade du tout, ma grande ! Je vais t'emmener à l'école. Je préviens ta mère tout de suite.

Mon sourire s'affaisse aussitôt. Je bondis sur elle et me mets à pleurnicher dans ses bras.

— Non, non et non. J'ai encore très mal au ventre. Je le sens, là, comme une boule, à l'estomac. À tout moment, je risque d'être de nouveau super malade. D'ailleurs, je suis sans doute encore contagieuse. S'il te plaît, je veux rester avec toi aujourd'hui, ne m'emmène pas à l'école, s'il te plaît, dis oui.

— Ta mère m'a dit que tu n'étais toujours pas très bien ce matin mais franchement tu as l'air en parfaite santé, Alice.

Nos regards se sondent, s'interrogent, s'étudient. Un sourire timide se glisse au coin de mes lèvres.

— Allez, Fatima, s'il te plaît.

Mon sourire la supplie. Sans rien dire, je lui dis : « Allez, Fatima, tu sais bien que je vais bien et que c'est pour être avec toi. Et moi je sais bien que, toi aussi, tu en as très envie. C'est toi qui le dis, il faut savourer les cadeaux que Dieu nous envoie. Et là, ton Dieu nous amène sur un plateau d'argent des morceaux de bonheur. D'alléchantes tranches de plaisir et de rires. Il ne nous reste plus qu'à les croquer à pleines dents. Faisons de cette journée un festin de gaieté, un gueuleton de rires, un banquet d'amusements. Ma Fati chérie, dis oui, dis oui, dis oui. »

Je la serre contre moi. Je m'enfonce dans ses bras. J'attends sa réponse.

— Bon d'accord, mais tu te reposes et tu travailles un peu.

Je la serre plus fort et lui colle un long baiser bruyant sur sa joue douce et rebondie.

— J'ai pensé que nous pourrions aller au musée revoir la vaisselle égyptienne. En rentrant, si tu veux, je la fais, la française qui reste dans l'évier du petit déjeuner.

— Alice, tu exagères là.

Elle dodeline de la tête.

— Va te préparer et prends un gros manteau, il fait froid ce matin.

Ma Fatima chérie, c'est la meilleure des nounous. L'école, à côté de Fatima, c'est comme un petit beurre à côté d'un pain au chocolat. Oui c'est mangeable, on s'en accommode, mais c'est un peu sec et ça manque de fondant. Et surtout quand on goûte au pain au chocolat, on en vient à détester les petits beurres.

Sur le chemin, je sautille d'allégresse. C'est difficile de me souvenir que je suis malade. Parfois, je lis dans le regard de Fatima des reproches amusés et j'essaie alors de me souvenir de la petite boule de maladie qu'il m'avait semblé sentir ce matin dans mon ventre. Mais j'ai beau me concentrer, je dois admettre qu'elle n'est plus là. Était-elle bien présente ce matin ? Je m'en moque. Qu'importe. Aujourd'hui, la vie m'appartient.

— Fatima, j'ai une question à te poser.

— Oui ?

— Pourquoi faut-il absolument faire une grande école ?

— Pourquoi crois-tu qu'il faille absolument faire une grande école ?

— Maman me l'a dit la dernière fois. Elle m'a dit que c'était incontournable.

— Et toi ? Qu'en penses-tu ?

— Je me demande pourquoi ces écoles sont si grandes ? Combien de mètres mesurent-elles ?

— Ce n'est pas vraiment une question de dimensions. Une grande école peut-être toute petite.

— Une grande école, si elle est toute petite, alors c'est une petite école.

— Laisse-moi t'expliquer, comment dire ? Il y a plusieurs grandes écoles en France. Mais leur grandeur n'a pas grand-chose à voir avec la taille du bâtiment. On dit qu'elles sont grandes, parce que…

— Pourquoi ?

— Pour plusieurs raisons. Parce que les gens qui étudient dans ces écoles en sortent grandis, je crois. On dit qu'elles sont grandes parce qu'elles sont difficiles à atteindre pour les gens petits et surtout pour les petites gens. Elles sont grandes parce qu'en règle générale, les personnes qui entrent dans ces écoles mènent la grande vie. Après ces écoles, on fait de grandes carrières. Elles sont grandes car bien souvent réservées à de grandes familles.

Nous voici arrivées au musée. J'adore le Louvre. Ma section préférée est celle consacrée à l'Égypte. Ce peuple me fascine. Les sculptures, les objets, les ustensiles, les chats, les sphinx…

Fatima a inventé une activité qui est devenue un de mes jeux favori : trouver les secrets des œuvres, et les consigner dans mon carnet « le Secret des œuvres ». Des secrets que je suis la seule à connaître. « Tu crois regarder la création mais tu la vois seulement », me dit-elle un jour. « Regarder, ça prend du temps, Alice. Pour qu'une œuvre te dévoile sa beauté, tu dois la regarder. Tu penses l'avoir suffisamment regardée ? Regarde-la encore. Tu n'en peux plus de la contempler. Insiste encore. Et là, enfin tu verras. Elle te montrera ce détail qui t'avait échappé et qui fait tout son charme. Elle te révèlera une couleur subtile qui te fera chaud au cœur. Elle te livrera son secret. »

J'ai consigné beaucoup de secrets dans ce carnet. Mon préféré est celui sur la statue du couple Akhenaton et Néfertiti, les époux royaux de l'Égypte antique. On y voit le couple se tenant par la main pour affronter ensemble un moment très ennuyeux. Leur visage est marqué par le dépit de ne pouvoir s'y soustraire. J'ai même imaginé le dialogue qui aurait pu se tenir il y a plus de trois mille ans.

— Bon sang ! Néfertiti, tu es sûre qu'on ne peut y échapper ?

— Impossible, c'est au programme.

— C'est horriblement ennuyeux, je n'en peux déjà plus.

— Donne-moi la main, ça va bien se passer.

— J'ai envie de pleurer d'ennui.

— Moi aussi.

— Mais pourquoi est-ce si compliqué ? Je ne comprends rien à ce cours d'égyptien.

— Je sais mais pour le moment, on n'a rien trouvé de mieux que les hiéroglyphes, mon chéri.

— Il faut qu'on invente autre chose, Néfertiti.

Mais aujourd'hui, le secret que j'essaie de percer n'est ni celui d'une sculpture ni celui d'une peinture. C'est celui de ce jeune homme qui se promène à toute vitesse et qui griffonne des notes au gré de sa balade éclair. Il m'énerve. Il ne regarde pas les œuvres. Mais pas du tout. À peine les voit-il. Il leur accorde quelques secondes, griffonne, et poursuit son chemin. Je suis en rogne. Comment veut-il connaître leurs secrets et les consigner correctement dans son carnet s'il continue ainsi sa course infernale ? Une casquette colorée enfoncée sur sa tête blonde, des baskets, un air désabusé, il déambule à toute vitesse. Je lui emboîte le pas. Je le suis de pièce en pièce, préoccupée par cet irrespect manifeste. Comment peut-il mépriser ainsi ces ornements majestueux ? J'ai terriblement envie de lui dire. « Ne vois-tu pas la majesté de ce sphinx ? Te rends-tu compte de l'âge de cette fourchette ? » Quel manque de respect pour ces pièces vieilles de plusieurs siècles. Quel toupet ! Il poursuit son incursion désinvolte. Je continue ma filature échevelée. C'en est trop de ce batifolage. Il faut que quelqu'un arrête ce blasphème. Que quelqu'un lui dise que ça ne se fait pas du tout de se précipiter comme ça. Foncer dans un musée, c'est comme crier dans une église. Personne n'a idée d'être aussi impoli. Ce n'est pas vrai, je rêve. Ce goujat passe devant la pièce maîtresse des lieux sans lui accorder la moindre attention. Le scribe accroupi lui fait le même effet que le rayon slips du Monoprix. Je m'apprête à l'interpeller quand j'entends soudain des cris confus, une agitation s'élève derrière moi. Fatima surgit dans la pièce. J'oublie aussitôt le grossier cavaleur. Ma Fatima chérie est défigurée par la peur.

— Dieu merci, Alice, où étais-tu ? Je te cherche partout. Tu n'as rien ? Tu vas bien ? Mais que fais-tu ? Où étais-tu ? Où étais-tu ? Je t'ai cherchée. Alice, partout, j'ai eu si peur, *hbibi*, si peur. Où étais-tu, mon enfant ?

Je regarde couler les larmes sur son visage épouvanté. Ses joues sont rouges. Ses cheveux en bataille. Son sac à moitié ouvert pendouille sur son avant-bras. Elle tremble. Elle sanglote. Je m'en veux. Je cours dans ses bras pour pleurer avec elle. Oh ! pardon Fatima, je ne savais pas.

— C'est bon, madame, vous l'avez retrouvée ? Tout va bien ?

Un agent du musée observe la scène, troublé.

— C'est drôle, madame, votre fille, elle ne vous ressemble pas du tout.

Chapitre 5

Valentine de Barnay

L'esprit absorbant ! Merveilleux don de l'humanité !
Sans effort, simplement « en vivant », l'individu absorbe
dans l'environnement une réalité complexe
de la culture telle que le langage.
Maria Montessori

Je passe ma main sur la nappe parfaitement repassée pour enlever une poussière qui s'y risque encore. La table est dressée pour six personnes. Elle est splendide. Des verres en cristal précieux se tiennent sur leur pied. Des couverts en or rythment la tablée. Des assiettes en porcelaine de Limoges étincellent comme des bijoux. Je les adore. Elles sont faites selon la technique japonaise du kintsugi. Cet art traditionnel consiste à montrer les réparations effectuées sur la vaisselle. Se révèlent alors des filaments d'or qui traversent l'objet et subliment ses séquelles. L'assiette, la tasse ou le crémier n'en deviennent que plus nobles. Ces blessures manifestes font toute leur beauté. Quelle allégorie de ma propre vie.

Ce soir nous recevons les amis de Pierre. Un couple ennuyeux, Judith et Jean-Pascal, et un couple un peu niais, Éléonore et

Martin. Je ne les apprécie pas particulièrement mais Jean-Pascal est un gros client de Pierre. Il privatise le golf plusieurs fois par an. Sa femme, Judith, dirige une fondation de réfection des bâtiments religieux. Elle est persuadée d'être en communication directe avec l'au-delà. Nul besoin de 5G pour cette illuminée, elle capte les signaux aussi lointains soient-ils. Elle dicte surtout à Jean-Pascal toutes les décisions qu'il doit prendre. Un vrai pantin. Pierre a été formel, ce dîner doit leur faire comprendre que nous les aimons beaucoup. Quant à Éléonore et Martin, nous les invitons souvent à nos dîners ennuyeux parce que leur jovialité rend l'atmosphère légère. C'est tout de même plus sympa avec eux que sans eux. Éléonore ne travaille pas, n'a jamais travaillé de sa vie. Elle suit depuis quelques années des cours de biologie marine. La biologie marine, quel ennui. Martin a hérité des multiples hôtels et restaurants de sa famille. Il s'en occupe de loin. L'empire étant en gérance par des professionnels plus habilités que lui à pérenniser leur hégémonie.

Je suis vêtue d'un tailleur en soie fluide clair et de talons rouges très hauts. J'ai relevé mes cheveux en chignon rigide et j'ai appliqué sur mes lèvres le plus vif de mes rouges. Je ressemble à ces longues tulipes bicolores qui envahissent les prés. Je demande à Alice une dernière fois son texte. Il est convenu, comme à chaque dîner, qu'elle se présente, qu'elle déballe un petit laïus et qu'elle aille immédiatement se coucher.

— Mais Maman, j'ai compris.

— Oui mais dis-le encore une fois pour voir.

Elle soupire.

— Allez.

Elle déballe à toute vitesse :

— « Mesdames, messieurs, je suis ravie de vous recevoir chez nous. Mon jeune âge ne m'autorise pas à rester davantage mais soyez assurés que je suis honorée de vous savoir ici tandis que je vais me coucher. » Franchement, c'est trop nul, personne ne dit ça, Maman.

— Sans lever les yeux au ciel, Alice. Et moins vite. Il faut que tu sois plus naturelle que ça. Et par pitié, pas de blague.

— Maman !

La sonnette retentit. Le timing est parfait. La porte s'ouvre aussi grand que mon sourire faussement ravi. Nos quatre invités se tiennent au pied du perron. Alice et moi les attendons en haut des marches. Ma fille affiche la même grimace que moi.

— Entrez donc, ne restez pas là.

Oui, ne restez pas là avec vos moues ahuries.

Des parfums entêtants inondent l'entrée. Les tenues sont modernes et décontractées. Des jeans, des polos, des mocassins, et des pulls colorés. Alice m'aide à débarrasser ces messieurs et ces dames de leurs manteaux. Elle s'enquiert de leur trajet, prend des nouvelles de leurs petits-enfants, et les invite à la suivre jusqu'au salon. Elle porte un joli pyjama jaune, si bien que ses boucles d'or se perdent sur ses épaules. Le bleu de ses yeux est celui d'une mer des Caraïbes sous le soleil au zénith. Ses joues roses et hautes lui donnent un air de poupée en porcelaine. Alice est belle. C'est étonnant. À cet instant, je me sens fière d'être sa maman. Où est Pierre ? Il n'est jamais là quand il faut, celui-là. J'ai envie de l'appeler pour qu'il voie lui aussi ce que nous avons réussi à faire tous les deux. Un être charmant qui illumine l'entrée et éblouit nos invités.

Nous passons tous au salon où sont servies de petites mises en bouche colorées. Pierre débarque bruyamment, les bras grands ouverts, prêts à étreindre ses meilleurs amis du jour. Je me dis que cette amitié est très mal simulée. Personne ne va y croire. Il a toujours eu beaucoup de mal avec la nuance, le pauvre ! Pourtant, seule la nuance rend possible la justesse. Une bouteille de champagne penche dans un seau en argent posé sur une console, entouré de bougeoirs, de chandelles et de photophores allumés. Je fais signe à Alice qu'il est temps de nous quitter. Elle sourit de toutes ses dents et se lance dans sa tirade :

— Mesdames, messieurs, vous me voyez bien triste de vous quitter ainsi mais je risque de vous enquiquiner autant que l'inverse est vrai alors je m'en vais dans mon plumard et vous laisse à vos pinards.

Pierre explose de rire. Les gloussements précieux de la dinde Éléonore éclatent. Jean-Pascal et Judith entrent dans une franche rigolade. Je suis un peu piquée, mais aussi un peu amusée. Je dois admettre que sa boutade est fine.

— J'imagine que tu prépares ton petit spectacle depuis plusieurs heures. Les rideaux sont tombés. Allez, au lit, l'artiste.

— Tu admettras que mon texte est bien meilleur que le tien, me lance-t-elle l'air fripon.

Je lui attrape la tête dans mes mains et je lui colle un bisou sur le front.

— File d'ici, vite.

La soirée glisse, les verres se vident, les ventres se remplissent, les conversations s'écoulent dans une rivière d'ennui qui menace à tout moment de me faire chavirer. Heureusement que le repas est bon.

Ravioles de cèpes et de girolles, consommé végétal
Asperges vertes du domaine des Hauts Moulins
Élixir d'orange sanguine

Je vois les yeux se plisser de plaisir et les bouches se déformer lentement.

Couscous jardinier à l'huile d'olive de Cefalù

S'échappent des « C'est divin », « Merveilleux », « Cette texture », « Ce craquant », « Quel goût », « Comment s'appelle le chef déjà ? ».

Soufflé tiède au chocolat blanc,
coulis de mangue au vieux rhum Neisson

Le tintement des couverts chante la musique des dîners réussis. Une conversation débute au sujet de ce candidat qui ne dit pas que des bêtises. Mon cerveau se déconnecte et ne capte plus qu'un brouhaha de bruitages humains. Éléonore me prend alors à partie pour proférer son homélie.

— Mais tout de même, Valentine, vous n'êtes pas gênée qu'une autre que vous élève votre enfant ?

Mon ventre me fait soudain souffrir. Quelle mégère, celle-là.

— Que voulez-vous dire par là ?

— Eh bien, si je comprends bien, votre emploi du temps ne vous laisse que quelques heures à peine par semaine aux côtés d'Alice ? Tandis que sa nounou remplit toute sa vie.

Mes lèvres se pincent entre sourire et rictus. Je sens mes yeux plus humides. Et la boule toujours là entre mon ventre et ma gorge. C'est hors de question que cette harpie m'atteigne.

— Et pourquoi ne demandez-vous donc pas à Pierre ce qu'il en pense ?

— Eh bien c'est tout de même vous, sa mère, non ?

— Oui et alors ?

— Avez-vous lu la Bible ?

Je soupire bruyamment et décide de la provoquer.

— Vaguement.

— Vaguement ? Ah ah, vous plaisantez j'espère. Vous devez tout de même savoir que la mère élève son enfant. Marie élève Jésus. Avez-vous déjà vu des images de Pietà avec Joseph tenant Jésus ? Non, c'est Marie qui tient son enfant. La plupart du temps, Joseph n'est pas dans la scène. Et quand il y est, c'est en retrait.

— Eh bien, c'est dommage parce que Jésus fraîchement tué, il devait peser son poids. Joseph n'aurait pas été de trop pour le porter, vous ne croyez pas ?

— Enfin, Valentine, cessez de plaisanter. N'est-ce pas à la mère d'élever son enfant ?

Mon rictus devient un large sourire. Je me penche un peu, et lui glisse dans l'oreille.

— Eh bien, tandis que Fatima élève ma fille, moi aussi, je m'élève voyez-vous. Et je m'élève si haut que vous me paraissez toute petite.

L'épouvante se lit dans ses yeux de fouine. Autour de nous, les rires imbibés d'alcool remplissent la pièce et ne lui laissent aucun espace pour répondre.

Nous raccompagnons jusqu'au perron l'équipée avinée et agitons nos mains jusqu'à ce que leur voiture disparaisse au loin.

— Purée, Valentine, tu n'as servi aucune viande !

— Oui et alors ?

— Sans viande, ça fait vraiment pingre.

— Deux cent cinquante euros par personne, tu trouves que c'est pingre ?

— Peu importe le prix, quelle image on renvoie ?

— Celles de personnes modernes, écolos, concernées. Rassure-moi, tu es au courant qu'il existe des étoilés qui ne servent pas de viande ? Pierre, tu le sais bien. Je ne mange pas de viande.

— Tu aurais pu servir du poisson, du homard, des Saint-Jacques, j'en sais rien, moi.

— Éléonore étudie les animaux marins mais dans leur milieu naturel, pas dans son assiette.

— Tu m'emmerdes, Valentine. Et tes assiettes faussement cassées, c'est grotesque.

Le ventre tordu. Les jambes raides. Les yeux qui débordent malgré moi. Je crache ma douleur.

— Comment oses-tu, Pierre ? J'ai tout orchestré ce soir comme tous les jours de notre vie. J'organise tes dîners. Je ferme les yeux sur tes liaisons stupides. Cette maison dont tu es si fier, tu n'en as même pas choisi le paillasson ! J'y accueille tes faux amis comme si c'était les miens. Je subis leur insulte en serrant les dents. Parce qu'il faut le dire Pierre. Il faut que tu leur dises que je suis la seule à me préoccuper d'Alice. Tu leur as dit ça ? Que c'est grâce à moi que notre fille est fantastique ? Ils le savent, que je pense à elle à chaque minute ? Ils sont au courant que je l'ai sauvée ? Que c'est moi qui ai choisi qu'elle soit heureuse ? Et toi, tu le sais, ça ? Non, peu importe. Du moment qu'elle amuse la galerie et te sert de faire-valoir, c'est suffisant. Tu t'en moques, de cette enfant. Tu t'en fous, de nous !

— Ma pauvre Valentine, tu es pathétique.

Chapitre 6

Fatima Ayouch

La paix s'apprend. L'éducation à la paix ne saurait se réduire à un enseignement donné dans les écoles. C'est une tâche qui demande les efforts de toute l'humanité.
Maria Montessori

HUIT assiettes en grès beige forment une ronde sur la nappe jaune. Des verres multicolores sont disposés en un plus petit cercle. Des couverts couleur or scintillent trompeusement sous l'imposant luminaire. Des serviettes de table brodées ont été pliées et mises avec soin dans les assiettes. Des fleurs colorées, si parfaites qu'elles pourraient bien être fausses, jaillissent d'un vase que je trouve affreux, au milieu de la tablée. Toute cette mise en scène ressemble à une vitrine de magasin de décoration pour nantis de banlieue. Pour nous recevoir, ma sœur prend toujours un soin gênant à exposer sa menue richesse. Elle joue les grandes bourgeoises pour oublier qu'elle fut une petite pauvre. Moi, je ne la vois que comme une petite bourgeoise à peine sortie de sa grande pauvreté. Si elle voyait à quoi ressemble vraiment la richesse, elle aurait honte de la sienne.

Comme d'habitude, je déteste son accoutrement, aussi raté que le dressage de sa table. Elle se croit bien habillée, car ses vêtements sont coûteux, mais c'est une catastrophe. Des chaussures rouges, un pull rouge, un fichu rouge et des lèvres rouges. Elle ressemble aux mères Noël gênantes qui arpentent parfois les centres commerciaux. Je suis sûre que cet étalage grossier lui procure une immense satisfaction. C'est même précisément à cet endroit que réside tout son bonheur. Peu importe l'élégance, le bon goût et l'harmonie, pourvu que ce soit cher et surtout, qu'on le sache. Si elle pouvait laisser les étiquettes de prix sur les objets, elle le ferait. D'ailleurs, elle décrit les objets, comme les humains, par leur prix. « Ce pull à deux cent cinquante euros », « Cette cafetière à mille neuf cents euros », « Ce jardinier à huit cents euros ». À ses yeux, je ne vaux guère mieux qu'un pull premier prix.

Je subis ces repas de famille comme des procès dont le verdict est déjà rendu. Et pourtant, le juge rouvre le dossier, continuellement. De nouveau, je dois me défendre, trouver les arguments, continuer de plaider ma cause. Au moment des retrouvailles, je sais pertinemment que la conversation arrivera sur ce sujet. J'ai beau prier pour en être préservée, arrive toujours le moment où ma mère et ma sœur font corps pour asséner leur vérité. Elles me rabâchent cette chanson depuis des années. Elles m'ont tellement acculée que j'en suis venue à ne faire que des choix par provocation. Par défi, par rébellion à ces injonctions de mener une autre vie. Pourquoi vis-tu dans la cité ? Pourquoi tu ne trouves pas un autre mari ? Pourquoi tu n'essaies pas de changer de travail ? Pourquoi tu ne gagnes pas plus d'argent ?

J'aime ma sœur. Mon enfance regorge de jeux avec elle, de rires qui se mêlent et de bonheurs partagés. Elle a toujours été gentille avec moi. Mais ses bonnes notes, ses études supérieures, ses responsabilités, sa grimpette sociale, sa maison de banlieue avec son jardin fleuri, ses enfants dont elle ne s'occupe pas assez, sa façon de me jeter ses succès à la tête, tout cela est venu ternir nos sentiments.

Ma mère n'a pas aidé.

Regarde ta sœur, elle est bonne en math. Regarde ta sœur, elle fait des études. Regarde ta sœur, elle est devenue cheffe. Regarde ta sœur, elle a un bon mari. Regarde ta sœur, elle a une femme de ménage. Regarde ta sœur, elle a des magnolias dans son jardin. Regarde ta sœur, elle a des enfants. C'est bien simple, à force de regarder ma sœur je ne peux plus la voir, parfois.

Ma mère m'aime, car une mère aime ses enfants, chez elle, c'est ainsi. Ma mère me dédaigne, aussi. Quand nous étions enfants, elle disait à qui voulait bien l'entendre combien ses filles étaient fortes et intelligentes, qu'elles allaient devenir des stars, qu'on les verrait dans les journaux. Elle plaçait en nous des espoirs de réussite insensés. Certains parents s'accommodent de notes correctes et d'études respectables. Pas notre mère. Pour nous, pas le choix. Elle visait l'Élysée, le prix Nobel ou la Station spatiale internationale. Chaque fois que je l'entendais bramer ses ambitions, je sentais mon cœur se serrer et je souriais d'angoisse. Petite, je savais déjà que jamais je ne serais ce qu'elle attendait de moi. Ce fut difficile pour elle mais elle se fit à l'idée que tout cela n'avait pas de sens et que nous ne serions ni astronautes, ni présidentes mais éducatrice de jeunes enfants et contrôleuse de gestion. Ses filles chéries, qu'elle voyait comme Venus et Serena, sont restées Fatima et Siham. Je crois qu'elle s'est satisfaite des petites réussites de Siham. Il ne lui restait plus que ça, la pauvre. Elle y a trouvé même un nouveau terreau dans lequel cultiver son orgueil. Quant à moi, je me suis résignée à lire dans ses yeux toute la déconvenue d'une mère. Ma sœur, elle, est excusée. Notre mère lui reconnaît l'audace d'avoir quand même essayé, et le mérite d'y être un peu arrivé. Moi, je suis la ratée.

Pour elles, j'ai échoué. Pas complètement. Je suis un onze sur vingt. Peut mieux faire. Doit fournir des efforts. Trop dispersée. Manque de motivation. C'est juste qu'elles et moi, on n'utilise pas la même grille de notation. Ma réussite à moi, ce sont ces enfants gracieux, courtois, généreux et courageux. Ce sont leurs sourires. C'est quand ils me serrent dans leurs petits bras potelés. Ce sont leurs baisers déposés sur ma joue spontanément, naturellement reconnaissants de mes soins. C'est d'apprendre qu'ils sont en bonne santé, qu'ils sont heureux, qu'ils sont bons élèves. Mon succès, c'est leur réussite.

— OK très bien, tu aimes ton métier, tu t'épanouis avec les enfants. Pourquoi pas. Mais pourquoi tu restes vivre dans cette cité, Fatima ? Maman a tout fait pour qu'on en sorte, et toi tu t'obstines à vivre là, dans cette misère, dans cette crasse. Vraiment je ne comprends pas. Ça me dépasse.

Partir de cette cité ? C'est ce que je fais chaque jour depuis des années. Et j'admets que je suis heureuse de sortir de cet immeuble gris et triste et de le voir s'éloigner. Mais chaque soir, j'y reviens, par besoin. Parce que je suis la maman de tous les enfants de la cité du Potager. Ils sont mes enfants, je les ai vus naître, je les ai vus grandir, je garde leurs enfants. Je joue avec eux le week-end. Je discute avec les parents, je les conseille gentiment, sans les brusquer, sans les juger. Aux petits qui en ont envie, et ils sont nombreux, j'apprends à lire, à compter, à se concentrer. Je leur achète des livres, des cahiers, des feuilles, de la peinture, de la pâte à modeler. Je fais des petits ateliers chez moi pour qu'ils transvasent, qu'ils vissent, dévissent, nettoient des plantes, qu'ils apprennent à prendre soin d'eux, qu'ils se concentrent, qu'ils s'élèvent et que le travail de la nature s'accomplisse en eux. Que feraient-ils si je n'étais pas là ? Que deviendraient-ils sans moi ? Parfois il me semble que je suis l'ossature de ce bâtiment et que sans moi, cette bâtisse s'effondrerait.

Je me souviens de Jennifer. À dix-neuf ans, encore une enfant, déjà maman. Personne ne savait comment ce bébé s'était retrouvé dans son ventre. Elle refusait obstinément de parler et de désigner le père. Ses parents la harcelaient pour comprendre, pour savoir. Sa mère était venue me voir. « Fatima, tu la connais depuis qu'elle est petite, peut-être qu'à toi elle parlera. » Mais dès que j'abordais le sujet avec Jennifer, elle s'effondrait. Les seules explications qu'elle me donnait étaient d'éloquents sanglots. Ils racontaient l'effroi, la tourmente, l'outrage mais ils ne désignaient aucun coupable. Ils révélaient seulement la victime.

Elle ne voulait pas de ce bébé. Mais elle avait trop tardé. Elle avait trop longtemps caché son ventre rond. Dorénavant, la seule issue pour elle était d'être maman, qu'elle le veuille ou non. Comme c'est facile pour ces messieurs d'ensemencer sans demander. Comme c'est difficile pour ces jeunes femmes d'assumer sans abandonner. Je vois encore Jennifer, petite fille explosive, rieuse et tapageuse. Je la vois grimper sur les jeux et toiser ses camarades du haut de ses jeunes années. Je vois son visage poupon barbouillé de glace au chocolat. Le sourire d'une jolie môme à l'insouciance fragile et au bonheur incertain. Du jour où son ventre s'est arrondi, son sourire s'est évanoui.

Pour Jennifer, je fus le radeau qui la sauva du naufrage. La honte ne se touche pas, n'a pas de couleur, n'a pas d'odeur.

Mais quand elle est là, on ne voit plus qu'elle. Quand la famille passait, les regards fuyaient. Tout le monde dans la cité parlait de cette histoire, tout le temps, partout. À tous les étages, dans les halls de l'immeuble, au marché, devant l'école, au stade, au parc. Les parents de Jennifer avaient beau courber le dos, ils n'arrivaient plus à endurer les pierres qu'on leur jetait. En rentrant chaque soir je me rendais chez elle, je consolais ses parents, je lui montrais comment aimer ce bébé. Les soins, les massages, les bains, les doudous, le portage, les berceuses.

— Regarde comme il sourit, il est beau ton garçon, la seule chose dont il a besoin, c'est que tu l'aimes.

— Je ne sais pas comment faire, Fatima, je ne ressens rien quand je le vois. J'aurais dû l'abandonner.

— Chut ! Ne dis jamais ça devant lui. Il te comprend, ils comprennent tout. Prends-le dans tes bras, plonge tes yeux dans les siens, serre sa petite main, et fais-lui un sourire. Fais ça tous les jours, plusieurs fois par jour, et tu verras, tu ne pourras plus t'arrêter de l'aimer.

Un jour, je pris la décision d'inviter quelques familles bien choisies à venir prendre le thé à la maison. Je préparai quelques makrouts, du thé à la menthe et des fruits. J'attendis que tout le monde soit à son aise et que les conversations s'installent. Je fis tinter ma tasse avec ma cuillère pour attirer leur attention. On voit toujours ça dans les films. C'est vrai que ça marche. Tout le monde se tut et les visages se tournèrent vers moi, intrigués par ce cinéma.

« Je ne vous ai pas fait venir ici par sympathie. Vous me connaissez, je suis bien occupée, j'ai autre chose à faire que de vous préparer le goûter. Non, je vous ai invités pour vous parler de Jennifer. Ne me regardez pas comme ça avec vos têtes médusées. Oui, Jennifer. Je vais vous dire une chose. Moi, cette petite, je l'ai vue à peine sortie de sa coquille, et beaucoup ici la connaissent depuis longtemps. Alors oui, c'est vrai qu'elle a un bébé, il n'y a pas de papa et encore moins de mariage. Jennifer, je la connais comme pas mal de vos enfants d'ailleurs. Et les enfants, on les tient bien contre nous le plus longtemps possible, et un jour ils nous échappent. Et là, on ne contrôle plus rien. Et vous savez quoi, vos filles ne sont pas à l'abri. Et les garçons, je les vois faire leurs combines, vous savez comme moi ce qu'il en est. Écoutez-moi bien, soit les conversations sur Jennifer arrêtent immédiatement, soit vous allez m'obliger à créer d'autres conversations. Des sujets de bavardages sur vos enfants, j'en ai à la pelle, croyez-moi. Vous avez intérêt à arrêter tout de suite autrement cette cité, je la transforme en plateau de Secret Story. J'espère que j'ai été bien claire. Bon, maintenant, finissez vos thés et déguerpissez, j'ai du ménage à faire. »

Comme par miracle, tout le monde se remit à parler aimablement à Jennifer et sa famille. Certains lui proposèrent de l'aide. D'autres trouvèrent le bébé mignon. Il ne fut plus jamais question ni de mariage ni de papa.

Chapitre 7

Valentine de Barnay

L'enfant est pour l'humanité à la fois
un espoir et une promesse. En prenant soin
de cet embryon comme de notre trésor le plus précieux,
nous travaillons à faire grandir l'humanité.
Maria Montessori

Ses cheveux lisses glissent entre mes doigts rêches. On dirait une soie rare, qu'on vendrait une fortune à une clientèle choisie. J'ai peur de les abîmer tant ils me semblent précieux. Il me semble qu'elle porte un voile d'or hors de prix. Comme nous nous sommes levées tôt et qu'il nous reste une bonne demi-heure avant que je parte, Alice m'a demandé de lui faire une queue de cheval. « Bien haute, Maman. » Alors j'essaie de mon mieux de contenter l'infante. Je prends des précautions. Je me souviens de cette nounou indélicate qui me coiffait avec autant de douceur qu'un pizzaiolo qui travaille sa pâte. Plus je lui disais qu'elle me faisait mal, plus elle tirait fort sur mes cheveux.

— Non, plus haut que ça, Maman, tout en haut de la tête, tu vois ?

— Non, pas du tout, je ne vois pas comment on peut faire une queue de cheval plus haute que ça.

Elle peste.

— Mais si ! Tape sur ton téléphone « Angèle queue de cheval », tu vas voir.

— C'est qui, Angèle ? Et comment tu sais qu'il faut taper ça ?

— La cousine de ma meilleure copine Lola adore Angèle et elle se coiffe comme elle, avec une queue tout en haut de la tête. La dernière fois, Lola est arrivée à l'école comme ça. Elle était trop belle. Je veux la même chose.

Nous voilà toutes les deux en train de scroller Google Images en quête de la coiffure parfaite, portée sans prétention par cette fameuse Angèle. Je me sens perplexe face à cette prouesse capillaire, mais très bien, tentons.

— J'ai une idée. Tu sais faire le poirier contre le mur ?

Elle affiche un large ce sourire. L'idée lui plaît.

— Oui !

— Alors vas-y, je vais attacher tes cheveux pendant que tu fais le poirier, on ne pourra pas faire une queue plus haute que ça.

— Tu crois qu'elle fait ça pour se coiffer Angèle, Maman ?

— C'est évident, je ne sais pas pourquoi nous n'y avons pas pensé plus tôt.

En deux mouvements de jambes et trois coups de brosse, voici Dame Alice arborant la queue de cheval la plus haute qui soit.

Nous imaginons ensemble un salon de coiffure dans lequel les clients ne se feraient coiffer qu'en position poirier. Nous rions à l'idée qu'un tel concept puisse exister.

— Tu imagines, Maman, il y aurait un message sur la porte « Seules les personnes qui maîtrisent le poirier sont autorisées à entrer dans le salon. Merci de vous entraîner avant de prendre rendez-vous. » Et il y aurait un test à l'entrée. Et les personnes qui échoueraient au test seraient virées illico presto. Allez hop, du balai !

La voici partie dans un fou rire bruyant. Je la regarde, amusée par son imagination sans complexe. C'est à ce moment-là qu'arrive Fatima. Mon sourire s'affaisse. Il me faut déjà partir.

Fatima nous salue, range ses affaires et entre dans nos vies comme si elle était chez elle.

Elle regarde Alice et pouffe avec retenue.

— Qu'est-ce que c'est que cette coiffure ridicule ? Tu ne vas quand même pas aller à l'école comme ça ?

Alice ouvre la bouche, ne dit mot et me jette un regard peiné.

— Fatima, c'est moi qui l'ai coiffée ce matin et ça nous a donné beaucoup de peine. Alice ira à l'école avec cette queue de cheval bien haute, c'est très bien ainsi.

Fatima me fixe durant plusieurs secondes, le visage grave.

— Je crois vraiment que c'est une mauvaise idée.

— Il me semble au contraire que c'est une excellente idée. Bonne journée à toutes les deux.

J'embrasse Alice, réunit mes affaires, et file vers d'autres problèmes.

Le soir quand je rentre, la queue d'Alice n'est plus si haute. Tout comme mon estime pour Fatima.

Chapitre 8

Alice de Richebois

Nous devons modifier notre attitude et applaudir la grandeur de l'enfant en fonction de ses accomplissements plutôt que souligner sans cesse les petites erreurs qu'il commet et qui, bien souvent, sont causées par notre propre faute.

Maria Montessori

Je pédale le plus vite que je peux. Je suis une coureuse du Tour de France qui se bat pour conserver le maillot jaune. Ça tombe bien, le jaune, c'est ma couleur préférée et bientôt, ce sera la couleur de ma victoire. Les concurrents sont nombreux et me talonnent de quelques dizaines de mètres. Il ne faut surtout pas faiblir, appuyer plus fort sur les pédales, aller encore plus vite. Sur les bords, les arbres se transforment en admirateurs en délire qui m'acclament de toutes leurs branches. Ils se penchent sur moi et hurlent mon nom à mon passage. Certains tentent de saisir mon image avec des oiseaux qui sont des appareils photo mais je suis trop rapide. Les panneaux de signalisation sont des caméras des chaînes de télévision du monde entier, venues couvrir la course la plus folle du millénaire, le jour où Alice de Richebois est devenue maillot jaune du Tour de France devant tout le monde.

— Alice, tu veux bien ralentir, oui ? Mais qu'est-ce qui te prend ?

Une journaliste tente de m'approcher à moto. Quelle impertinente ! Ne remarque-t-elle pas que je suis sur le point de battre un record ?

Je devine au loin la ligne d'arrivée. Mais je vois aussi une masse verte s'immiscer dans mon champ de vision par la droite. C'est ma mère, le maillot vert. C'est hors de question qu'elle me dépasse. Je redouble d'efforts, je me courbe un peu plus, je plisse les yeux et fonce vers le triomphe. Plus que quelques dizaines mètres, encore un peu, je tiens, je force, je me déchaîne, je m'évertue à faire tourner mes roues à toute vitesse. Je franchis la fin du chemin, la ligne d'arrivée. Je me redresse, je lève le poing vers le ciel, victorieuse, acclamée par une horde de fans surexcités. Les journalistes veulent m'interviewer mais je n'ai pas envie de répondre à leurs questions.

— Alice, ça va ?

— Pas maintenant, j'ai besoin de reprendre mon souffle.

— Tu ne te sens pas bien ?

— Mais si, Maman, je vais très bien, je viens de gagner le Tour de France.

— Ah d'accord.

Elle lève les yeux en l'air.

— Bon. On rentre à la maison ?

— Déjà ?

— Ça fait une heure que nous sommes parties.

— Tu m'as dit que tu passais deux heures avec moi. Sur une semaine de vacances, ça va, non ?

— Tu exagères.

— Non je n'exagère pas, tu travailles tout le temps. J'aurais préféré rester avec Fatima à Paris.

— Non mais tu plaisantes ? On peut bien passer un peu de temps en famille sans ta nounou quand même ! J'en ai marre d'entendre parler d'elle.

— Un peu de temps en famille ? On n'est jamais une famille. Je vais jouer avec les voisins. Papa lit des livres toute la journée et toi tu passes ton temps sur ton téléphone.

Elle soupire longuement, mi-agacée, mi-résignée.

« Bon, très bien. Il nous reste une heure. Qu'est-ce qui te ferait plaisir ? »

J'ai un coffre à souvenirs dans un coin de ma tête. J'y ai rangé quelques souvenirs joyeux. Je me souviens de ma mère et moi au parc, près de chez moi. Je joue sur le toboggan et ma mère me rattrape. Je fais ce manège plusieurs fois. Elle sourit et me porte dans ses bras. Le cinéma quand nous sommes allées voir *Sacrées Sorcières*. Un très beau restaurant où je me suis beaucoup ennuyée, même si c'est vrai que c'était bon. Une exposition de Niki de Saint Phalle au Grand Palais. Ma mère déteste les grosses femmes, et bien là, elle était servie. Elle n'a pas cessé de se moquer de leurs fesses colorées et de leurs hanches délurées. J'ai bien rigolé.

Pour remplir mon coffre à souvenirs, souvent, il faut que je force un peu Maman. Pour le moment, les vacances au cap Ferret sont maigres en occasions. Comme toujours, ma mère travaille beaucoup, mon père paresse beaucoup et nos repas sont aussi silencieux qu'un désert en pleine nuit. Je préfère mille fois ce silence aux invectives que mes parents s'envoient dès qu'ils s'adressent la parole. Ces deux-là se sont-ils un jour aimés ?

Je propose à Maman d'aller trouver le trésor de Rackham le Rouge à la plage. En une heure ça devrait suffire. « Regarde », lui dis-je. J'ai trouvé cette feuille de parchemin qui va nous conduire tout droit au trésor de Rackham le Rouge. C'est connu, le cap Ferret est un repaire de corsaires légendaires et nous allons nous aussi entrer dans la légende et dénicher le fameux trésor enfoui depuis des centaines d'années. Ma mère me sourit. Elle est belle quand elle sourit.

— Où trouves-tu tout ça ?

— Tu ne connais pas Tintin ?

— Si, mais Tintin au Ferret, non. Et ce n'est pas un parchemin, c'est une feuille de chêne.

— Que nenni, belle dame ! C'est un parchemin que seuls les pirates avertis savent déchiffrer. Regardez, les nervures constituent un code qui renseigne sur l'endroit où se trouve le trésor le plus fantastique du monde.

— OK, très bien, allons trouver ce trésor. Que disent tes nervures de son emplacement ?

— Elles disent qu'il faut creuser sur la plage des Jacquets un trou très profond, très précisément à quarante-six degrés de la troisième maison jaune.

— Très bien, allons-y, amiral.

Nous pédalons à toute vitesse en sens inverse pour aller chercher nos maillots de bain. Nous rions aux éclats sous les pins qui caressent le ciel bleu. L'air est doux. La nature est belle. Je crois que ce souvenir aura sa place dans mon coffre heureux à souvenirs. Enfin un. Mon père nous regarde rentrer. Il est au bord de la piscine avec plusieurs journaux étalés. Il nous sourit, étonné de cette escouade enjouée. Il a le même sourire que les hôtesses d'accueil des cabinets dentaires, poli et indifférent.

— Alors, ils ont fait des jolis prouts, aujourd'hui, les ministres, Papa ?

Je rigole de bon cœur.

— Qu'est-ce que tu racontes, Alice ?

— Rien, laisse tomber, Maman et moi on va chercher le trésor.

Et on repart aussi vite que nous sommes venues.

Creuser avec ma mère me procure un immense plaisir. Chacune avec notre pelle, nous creusons comme si notre vie en dépendait. À toute vitesse, avec tout notre corps, sans relâche. Peut-être que nous allons vraiment finir par trouver un trésor sous ce tas de sable. Je commence à y croire vraiment. Je vois des garçons qui nous guettent un peu plus loin. Ils doivent être jaloux de notre trou. Il faut dire que ce trou commence à avoir vraiment de l'allure.

Le téléphone de Maman sonne. Ma gorge se serre. Il doit bien nous rester encore trente minutes.

— Ce n'est pas encore l'heure, hein ?

— C'est Georges, du travail, je dois répondre.

— Tu m'avais promis…

— Allô, Georges. Attends, ne bouge pas, deux minutes.

Elle fouille dans son sac. Elle me tend cinquante euros.

— Tiens, va nous chercher des glaces à la buvette et achète-toi ce que tu veux. Tu as vu qu'ils ont des ballons et des raquettes.

J'ai un autre coffre de souvenirs. Le coffre de nos mauvais moments. Ma mère qui n'a jamais été là à la kermesse de l'école. Ma tristesse lorsque je constate que toutes les autres sont là. Ma mère qui laisse Madeleine me faire de la peine sans rien dire. Ses réprimandes parce que je n'ai eu que treize en dictée. L'interdiction de m'inscrire au foot avec Lola parce que c'est un sport de pauvres. Ses absences pendant des jours parce qu'elle est partie à l'étranger. Ses reproches parce que j'ai grossi. Son téléphone qu'elle décroche alors que nous étions sur le point de trouver le trésor.

Chapitre 9

Valentine de Barnay

Vivre mieux, car l'homme aurait tendance à sombrer
dans la dégénérescence et l'enfant l'aide à aller vers le haut.
S'il ne prête pas attention à cela, l'adulte se perd,
se couvre peu à peu d'une carapace dure et devient insensible.
Maria Montessori

J'AI laissé une montagne de dossiers en suspens. J'aimerais bien passer mes journées à jouer au Tour de France mais c'est plutôt un tour de force que je dois mener à distance. J'ai appris de source sûre le vote d'une nouvelle loi dont l'application engendrerait un nombre d'emmerdes que je peine à calculer. Si elle arrive à passer, ce sera un énorme plan social à gérer pour un des plus gros clients du cabinet, des syndicats mécontents, des actionnaires furieux, un conseil d'administration paniqué. Nous avons mis les meilleurs lobbyistes sur le sujet, mais je crains le pire.

Alice est venue me voir avec ses grands yeux clairs, ses exigences, son sourire enjôleur pour me réclamer deux petites heures d'attention. Après tout, que peut-il bien se passer en deux petites heures ? Il a fallu des millions d'années pour que la vie apparaisse sur Terre et que de ridicules bactéries évoluent jusqu'à nous. En deux heures, la face du monde ne va pas changer. J'essaie de me rassurer mais je sais que c'est faux. La météorite qui a éradiqué les dinosaures a dû prendre quelques secondes pour achever sa tâche. Une météorite, ça fout un bordel pas possible en quelques secondes, sans se soucier des millions d'années d'évolution qu'il a fallu pour en arriver là. Ce projet de loi, c'est ma météorite. Je vais prier pour qu'elle s'abstienne de percuter ma vie ces deux prochaines heures.

Alice m'impose deux heures de récréation en plein milieu des vacances. Elle implore, elle accuse. Elle me reproche de ne jamais être avec elle alors que nous sommes en vacances. A-t-elle conscience une seconde que ces vacances, cette maison, cette aisance ne sont pas gratuites ? Et à peine le vélo enfourché, elle s'enfuit à toute vitesse. Je n'aurais jamais cru qu'une enfant d'un mètre trente puisse aller si vite sur un vélo. Mes mollets me brûlent. Mon souffle est court. Elle pédale comme une folle. Je peine à la suivre, je respire comme un phoque pour garder le même rythme qu'elle. Des gouttes de sueur perlent sur mes tempes. Je la pensais à sa vitesse maximum et la voilà qui va encore plus vite. Elle ralentit finalement en levant les poings vers le ciel. Elle ressemble à un gagnant du Tour de France. Elle s'arrête, à bout de souffle, rouge écarlate, tout sourire.

Après le Tour de France, c'est parti pour le trésor. Si seulement cette aventure pouvait être réelle. Si ma fille et moi pouvions nous extraire de la vraie vie et devenir en un instant des aventurières audacieuses prêtes à tout pour retrouver le magot perdu. Il ne tient qu'à nous d'y croire. Alice est si convaincante que je finis par considérer la proposition avec sérieux. En moins de temps qu'il n'en faut pour le dire, nous rentrons, nous nous changeons et nous repartons. Le ciel azur, l'odeur des pins et la chaleur du bonheur en été nous enveloppent et nous rapprochent l'une de l'autre.

On croise Pierre. Je lui souris sans retour. Il passe ses journées au milieu de livres et de journaux sans un regard pour moi, à peine plus pour Alice. Avec Pierre, j'ai remarqué que la lecture, c'est comme la gastronomie. Il lui en faut toujours plus. Il ne consomme que du haut de gamme. Mais il a beau s'évertuer à ingurgiter des quantités de qualité, il ne défèque que de la merde. Des discours stupides et ennuyeux, qui font toute sa patte. Même Alice semble l'avoir remarqué. Elle se moque ouvertement de lui. Il n'est pas assez intelligent pour relever.

Elle est tellement au-dessus de lui. Elle est fine, elle est drôle. Elle lui parle de pets, il ne comprend que cela. Ce n'est pas de flatulences dont elle parle mais de ces paroles politiques vaporeuses et puantes qui s'y apparentent. Je le sais parce qu'un jour elle me l'a dit en écoutant un politique déverser sa bile quotidienne à la radio. « Il ne raconte que des prouts, celui-là » suivi de son rire tapageur qui ne laisse place à aucune remarque, aucune remontrance, aucune limite.

On creuse furieusement pour trouver le trésor. J'avais oublié comme creuser est agréable. Je sens le sable sur mes genoux. Mes mains sont sales et cela m'importe peu. Mon corps s'abandonne tout entier à la besogne. Je me sens vibrer. Ce trou, qui devient de plus en plus profond, m'absorbe. Alice a peut-être raison après tout. Et si nous trouvions vraiment quelque chose ? Ce serait formidable. J'y mets tout mon zèle dans ce trou et je vois qu'Alice non plus ne mollit pas dans l'opération. On dirait deux forcenées dont la vie dépend de ce fameux trésor. Une pensée horrible. Pourvu que ça ne soit pas ma tombe que nous creusons. Pourvu que cette loi ne passe pas. Ce serait une catastrophe. Deux garçons maigres ont arrêté de bâtir leur château et nous observent, les mains sur les hanches, une moue effarée. L'un des deux dit quelque chose à l'autre dans l'oreille sans nous quitter des yeux. Ils doivent nous prendre pour deux folles dingues. Qu'importe, on creuse, encore, et encore. Mon téléphone sonne. Et merde. C'est Georges. La météorite. Elle sonne avant de percuter. Les dinosaures n'ont pas eu cette chance. Alice me regarde suppliante. Je regarde mon téléphone. Une sonnerie. Deux sonneries. Je n'ai pas le choix. Tant pis pour le trésor, il faut d'abord que je sauve ma peau. Elle est grande, elle comprendra.

Chapitre 10

Fatima Ayouch

Le nouveau-né est un infirme. Comme la mère,
il a traversé un péril de mort. La joie que l'on a
à le voir vivant vient du soulagement que l'on éprouve
après qu'il a couru un tel danger.
Maria Montessori

Je n'ai pas vu naître Alice, je l'ai accueillie dans mes bras, à peine tombée du nid. Je suis arrivée un lundi de fin d'été dans cette maison. Il faisait gris. Pas encore froid, mais déjà plus très chaud. J'étais terrorisée à l'idée de travailler pour cette mère, qui n'en semblait pas une.

Je sonnai à 8 heures. Valentine m'accueillit froidement, je n'attendais pas mieux. Elle était habillée, coiffée, maquillée au cordeau. Son élégance était sobre et sans aucun défaut. Je fus saisie par la finesse de sa taille. Par quelle magie son corps s'était-il défait si vite de ses rondeurs de mère ? Elle prit quelques minutes pour partager les consignes qu'elle avait soigneusement préparées. Nous déambulions de pièce en pièce pour passer en revue les tâches et les missions qui m'incombaient. Je la suivais en trottant, affolée par ce déluge de recommandations.

Je remarquai malgré tout le soin extrême accordé à la décoration. J'avais le souvenir d'une très belle maison. Je n'avais pas encore vu à quel point la demeure était exceptionnelle. Chaque pièce, chaque coin, chaque parcelle était pensée pour offrir une harmonie globale subtile. Les couleurs des murs, des objets, des rideaux, des coussins, des décorations, s'orchestraient comme si la maison fût une œuvre d'art géante. Dans les pièces à vivre, je voyais du bleu Majorelle ici, qui se retrouvait là. Des touches de vanille éclaboussaient l'ensemble. Le rouge vermillon rehaussait certains morceaux. Les objets de décoration se flattaient l'un l'autre. Les meubles somptueux se répondaient avec raffinement.

Valentine amorça un discours saccadé, ne laissant aucune place aux remarques ou aux éventuelles questions. La cuisine fonctionnait ainsi. Il fallait bien faire attention à la vaisselle de qualité et ne pas rayer les casseroles. Les biberons et le lait restaient toujours dans ce placard. Les tétines des biberons devaient être changées tous les quinze jours. « Sans doute serait-il utile que vous notiez ce genre de choses dans un agenda, n'est-ce pas ? » Les courses étaient livrées le mardi et le vendredi. Charge à moi de concevoir les repas dans quelques mois. Les habits et les jouets étaient rangés ici. Je disposais d'un budget mensuel de deux cents euros pour renouveler ce qui devait l'être. J'avais pour responsabilité d'éveiller la petite. Attention de ne choisir que des jouets adaptés et achetés dans des magasins spécialisés. Pour les vêtements, elle tenait à ce que sa fille soit toujours bien habillée. Pas de pyjama la journée, pas de tache apparente, pas d'habits mal accordés, ou mal ajustés. « J'ai horreur de ces enfants qui nagent dans leurs habits. » Si j'avais un doute sur le choix des vêtements, je n'avais qu'à choisir des couleurs neutres. Surtout ne pas la noyer de rose.

« Ne la transformez pas en guimauve. Je déteste ces fillettes qui ressemblent à des guimauves. » La femme de ménage venait quatre heures par jour. Tous les jours. Il allait de soi qu'il me fallait en tenir Alice éloignée. « Vous savez cela, n'est-ce pas ? » L'enfant dormait dans la première chambre du premier étage. Valentine comptait sur moi pour qu'elle ait un sommeil régulier, de qualité, et en quantité. La poussette se rangeait là. Elle devait rester propre et fonctionnelle. Bien sûr, les bretelles devaient être ajustées au fur et à mesure qu'Alice grandirait. « Vous connaissez ces détails, j'imagine ? » Le parc était situé à l'angle de la rue. « Ne la quittez jamais des yeux, même si ce n'est qu'un nourrisson incapable de sortir de sa poussette. M'avez-vous bien comprise, Fatima ? Jamais. » Les numéros d'urgence étaient consignés dans ce livret. Le carnet de santé se situait dans ce tiroir. Attention de veiller aux vaccins et d'assurer le suivi médical. « Votre sérieux est primordial, Fatima. » Oui, j'étais bien au courant des vitamines à administrer. Elle débitait sa liste d'instructions et d'injonctions en parcourant sa fastueuse demeure, me traînant à sa suite, sans jamais me demander si cela me convenait. Voici un jeu de clefs, facile à utiliser. Nous finîmes le tour du propriétaire et elle partit à 8 h 20, sans même me présenter Alice.

La porte claqua. J'entendis les talons de Valentine marteler le trottoir. Le bruit de ses pas vifs s'estompa jusqu'à disparaître. D'autres bruits du dehors me parvinrent. La rumeur de la rue jouait sa partition matinale. Au loin bruissait la ville déjà bien animée. Les bus se pressaient, les voitures klaxonnaient, les travailleurs filaient. Je me sentis seule dans le silence lourd de ce vaste foyer.

Je retrouvai facilement la chambre d'Alice. Il me sembla étrange d'aller seule faire sa connaissance. Où était donc son papa ? Il devait bien exister pour qu'elle existe aussi ? Peut-être que ce monsieur était géniteur plus que père, aussi absent de cette maison que des propos de Valentine. J'ouvris doucement la porte et me glissai dans la pièce. Je ne remarquai pas tout de suite Alice. Je fus saisie par la splendeur de cette chambre d'enfant. Entourés de murs bleu nuit se trouvaient des meubles blancs, chics, ronds et délicats. De douces illustrations enfantines, des papillons, des éléphants et des girafes s'exposaient sur le mur. Six ou sept paresseux en coton, à la mimique amusante, pendouillaient d'une guirlande qui filait sur la cloison. À gauche était installé un imposant canapé clair. De nombreux coussins colorés y étaient déposés, rappelant l'immense tapis tout autant bigarré. Une commode Louis XV rose pâle s'amusait d'être là. Deux fauteuils du même style étaient aussi de la fête. Une grande corbeille dorée débordait de peluches. Et au centre de la scène se trouvait une merveille. Des voilages transparents flamboyaient du plafond, ruisselant sur le berceau en osier raffiné. Ses motifs compliqués racontaient les mains frêles qui avaient dû le tisser. Je compris qu'il fallait beaucoup d'amour pour décorer une chambre avec autant de soin. Au milieu du spectacle dormait paisiblement Alice. Je m'approchai sans bruit, hébétée par tant de richesses. Et tous ces apparats me parurent soudain si laids, comparés à ce bébé à la beauté parfaite.

Elle dormait sur le dos, les poings fermés de part et d'autre de ses oreilles fines. Son visage rond et rose respirait la détente. Sa peau était lisse, je la devinais douce. Elle était emmitouflée dans une turbulette sombre qui rehaussait la clarté de son visage. Ses paupières closes dessinaient un discret sourire. Elle me semblait tout heureuse d'être ainsi au repos. Bien qu'elle eût de bonnes joues, Alice me parut minuscule dans cette chambre immense. Nous oublions à quel point nous commençons petit.

Ce devrait être une leçon à conserver toute notre vie. Je fus émue aux larmes par ce corps vulnérable. J'eus envie de la prendre pour la serrer dans mes bras. Lui dire que j'étais là. Qu'elle pouvait compter dorénavant sur moi. Que je ferai barrière aux désordres du dehors. Que j'étais à présent son cordon de sécurité et qu'avec moi dans les parages, rien ne lui arriverait.

Chapitre 11

Alice de Richebois

La qualité fondamentale est de savoir observer,
celui qui est initié à voir commence à s'intéresser
et cet intérêt est la force motrice qui crée l'esprit du savant.
Maria Montessori

Qu'est-ce qu'il fait là, celui-là ? Papa m'attend devant l'école avec une dame brune, jolie, qui découvre l'intégralité de sa dentition pour signifier qu'elle me sourit. Je ne sais pas depuis combien de temps elle tient cette grimace, mais ça va finir par lui faire mal aux zygomatiques. Elle est habillée comme une adolescente. Je sais bien comment s'habillent les adolescentes parce que je suis effrayée à l'idée de devoir m'habiller de manière aussi ridicule un jour. La dame avec Papa porte un jean moulant troué ici et là qui monte au-dessus de son nombril. Un bout de son ventre est visible sous son tee-shirt à motifs. Des baskets massives et colorées accentuent sa minceur. Tous ces trous, ces couleurs bizarres et ces morceaux de peau que l'on voit me paraissent bêtes et inconfortables. Rien ne vaut un bon jogging et un tee-shirt large. Je me souviens que ma copine Lola m'a dit un jour « T'es vraiment qu'une greluche » et j'étais allée voir le soir la définition de ce mot.

Greluche, nom féminin, définit une jeune femme
souvent entretenue et dépendante d'un homme
plus âgé et plus riche.

Je ne la connais pas, cette femme, mais dès que j'ai vu l'amie de Papa, je me suis souvenue de ce mot, greluche.

— Bonjour, ma puce.

— Salut Papa, elle n'est pas là, Fatima ?

— Non, j'avais envie de te faire une surprise aujourd'hui, je me suis dit que nous pourrions aller manger une super glace au chocolat.

— Je préfère les glaces à la vanille, mais ouais, pourquoi pas.

La minette aux dents parfaites n'a pas quitté son sourire. Cette tête déformée commence à m'agacer. Je suis mal à l'aise de voir comme ça toute sa denture. Elle me fait penser au Joker dans *Batman*. En un peu plus jolie, j'avoue.

— Bonjour, Alice, je m'appelle Jeanne, je suis une amie de ton papa, j'avais très envie de faire ta connaissance.

— Salut.

Je suis très ennuyée que Papa vienne me chercher pile aujourd'hui. C'est le jour des secrets du Louvre avec Fatima. J'ai mon carnet à secrets dans mon sac et je me faisais une joie d'aller voir la vaisselle égyptienne. J'avais envie de décrire un repas égyptien en observant les couverts. La table, les plats, les conversations…

Nous marchons tous les trois vers le parc en silence. Papa aussi met ses dents à l'air libre dans un sourire idiot. À croire qu'ils se sont passé le mot, ces deux-là.

— Alors, qu'as-tu fait aujourd'hui, ma chérie ?

— Des expériences scientifiques.

— Ah oui ? J'adore ça, s'exclame Jeanne sans quitter sa joie feinte. Raconte-nous.

Une chouette idée me vient. Je souris, moi aussi.

— Eh bien, c'est très simple. Mon ami Gustave avait plusieurs incisives qui bougeaient. On les lui a attachées avec du fil, puis on a accroché le fil à la poignée de porte de la classe. Bien serré. On a demandé à Gustave de prendre une grande respiration. Un... Deux... Trois... Paf ! On a fait claquer la porte d'un coup sec et on lui a extrait comme ça trois dents d'un coup. Il y avait du sang partout.

Jeanne se décide à décrisper son visage et à cacher ses canines. Un air stupéfait a enfin remplacé son sourire débile.

— Ce n'est pas tout. Ensuite on les a mises dans de l'acide et on a observé leur dissolution.

— Mais c'est immonde, Alice ! Vous n'avez pas pu faire une chose pareille !

Mon père est inquiet. Opération réussie, commandante Alice.

— Vous connaissez l'expression « mentir comme un arracheur de dents » ?

J'éclate de rire. Jeanne aussi mais je vois bien qu'elle se force.

Jeanne et mon père choisissent des glaces à l'eau et moi une à la vanille. On s'assoit sur un banc du parc l'un à côté de l'autre et on déguste nos glaces, sans rien dire. Je me demande ce que vient faire cette Jeanne ici. Et pourquoi Papa est venu me chercher à l'école. Et aussi en quelle année les glaces ont-elles été inventées. J'imagine qu'il faut forcément un congélateur pour faire des glaces donc *a priori* après l'invention de l'électricité.

À moins que des êtres humains aient eu l'idée de mélanger de la neige avec des fruits pour faire de la glace. C'est sûr que ça n'était pas des glaces à la fraise puisqu'il n'y pas de fraises l'hiver. Mais peut-être des glaces à la mandarine. Pourquoi pas. Je crois que je n'ai jamais mangé de glace à la mandarine. Je vais essayer l'hiver prochain de faire mes propres glaces à la mandarine.

Jeanne brise ce silence glacial.

— Et à part arracher des dents, vous avez fait d'autres expériences ? se risque-t-elle.

— Non.

Je n'ai pas envie de lui parler. Elle m'ennuie.

— Et tu as beaucoup d'amis ?

— Oui.

Elle toussote.

— Et ta maîtresse est sympa ?

— C'est un maître.

— Ah, d'accord.

J'annonce que je vais faire de la balançoire et je quitte Papa et Jeanne. La balançoire est à quelques mètres. Je les regarde se parler mais je n'entends pas ce qu'ils se racontent. Ils se sourient, ils se touchent, ils sont collés l'un à l'autre. C'est la première fois que Papa est comme ça avec quelqu'un. Jeanne cherche quelque chose dans son sac. Elle sort un mouchoir et elle tapote la bouche de Papa. Il ne peut pas s'essuyer tout seul ? C'est quoi, ce gros bébé ? Papa lui prend la main. Jeanne l'embrasse sur la joue. Je sais parfaitement que les amoureux se font des bisous sur la bouche. Mais tout à coup, je comprends qu'il importe peu que les baisers soient déposés sur la bouche, sur le front ou sur le nez. Le poutou de Jeanne, c'était un poutou d'amoureux, même sur la joue. Et j'ai envie de l'arracher de la joue de Papa comme j'ai prétendu avoir arraché les dents de Gustave. Ils voient que je les observe et ils me font de grands coucous. Je freine la balançoire avec mes pieds et je cours à la maison.

Chapitre 12

Valentine de Barnay

Toute personne dans une situation d'autorité incontestée, libre de toute critique, court le danger de devenir un tyran !

Maria Montessori

SORORITÉ par-ci, sororité par-là, et on s'entraide, et on se ligue, et on lutte ensemble pour l'égalité des sexes, et on conspue le patriarcat. Ah ! Vraiment, elles me font bien rire avec leur solidarité à deux balles. S'il avait fallu compter sur la solidarité, jamais je ne serais arrivée à un tel niveau, jamais. Mais quelle naïveté ! C'est écœurant de niaiserie. Je n'en peux plus, de ces discours qui se propagent comme une gangrène. Comment peut-on croire que la complicité entre femmes puisse être d'une quelconque utilité à ce niveau de responsabilité ? Non, ce qu'il faut, c'est être pugnace, ne rien lâcher, travailler trois ou quatre fois plus que les autres. Pendant que la plupart profitent de leurs petits congés payés et occupent leur week-end à des activités divertissantes, il faut profiter de ce temps pour prendre de l'avance, mieux connaître ses dossiers. Ce qui importe, c'est de gravir les marches, une par une, vaillamment, résolument.

Et surtout, d'éliminer la concurrence, sans se faire voir, patiemment. Les occasions se présentent toujours, elles sont même nombreuses à vrai dire. Il suffit d'étudier, de comprendre comment chacun fonctionne, quelles sont les faiblesses de celui-ci, les défauts d'un autre. Et il faut tendre les pièges avec discernement, au bon moment, pour que l'adversaire se prenne les pieds dedans et sombre sans n'avoir plus aucun recours. Eh oui ! ce n'est pas joli tout cela, mais les contes de fées, c'est bien pour les enfants.

Mon premier employeur m'accueillit en stage en même temps qu'une autre jeune femme, Lorie. Lumineuse, gentille, intelligente, atrocement parfaite. Son arrivée en réunion faisait à tous l'effet d'un rayon de soleil en plein novembre. Tous les visages s'éclairaient, béats, admiratifs de cette jeune pousse prometteuse et volubile. À côté d'elle, je ressemblais à un épouvantable épouvantail. Indispensable peut-être, mais moins attrayante. Je tâchais pourtant de sourire et d'être sympathique mais ce n'était pas mon fort, clairement.

Par hasard, nous nous retrouvâmes un matin côte à côte aux lavabos des toilettes. Nous n'avions rien à nous dire et chacune s'efforçait de se laver les mains aussi vite que possible. Je ne pus m'empêcher d'observer nos deux reflets contigus dans le miroir. L'image qui m'apparut me fit l'effet d'un coup de taser. Docteur Jekyll et Mister Hyde, la belle et la bête, le crapaud et la princesse, en version trash. À cet instant, j'aurais donné cher pour lui voler sa beauté et m'en parer quelque peu. Elle vit que je nous observais. Je lus dans ses yeux l'embarras d'être aussi belle. Elle me sourit, gênée, et s'empressa de mettre fin à ce moment.

Les semaines passaient et j'observais notre chef lui confier de meilleurs projets. J'entendais les compliments qu'il ne me faisait jamais. Je constatais les réunions auxquelles je n'étais pas invitée. J'étais trop avide de réussite pour laisser la situation continuer à se détériorer ainsi. Il fallait agir, et vite.

Un jour, nous étions toutes les deux sur le même dossier, assises derrière son ordinateur. Elle prit une pause. Avant de quitter son poste, cette sotte ouvrit sa messagerie et la laissa là, ouverte, devant moi. Grave erreur. Quelques secondes après son départ, elle reçut un mail de notre patron et je m'en aperçus aussitôt. L'objet indiquait : « Étude territoriale pour demain 9 h. » L'adrénaline alluma mon esprit et sans réfléchir, j'ouvris le courrier que je parcourus en vitesse. Notre chef demandait à cette charmante Lorie de réaliser une étude du territoire du Sichuan à présenter dès le lendemain à 9 heures lors de la réunion d'équipe.

Elle revint quelques minutes plus tard. Je lui indiquai que j'avais une autre urgence à traiter, je me levai d'un coup et la plantai là pour aller préparer cette étude avec plus d'exemples, plus de profondeur, plus de consistance qu'elle. Je passai la nuit à travailler sans relâche pour produire la meilleure étude possible. Le lendemain, je l'interrompis à de nombreuses reprises pour préciser, corriger, nuancer. Ce fut moi qui illuminai la salle, non par mes charmes mais par mon esprit. Je me sentis sublime. Et enfin, Lorie devint l'autre.

C'est tout ce que m'objecte Anna quand j'annonce son licenciement aujourd'hui : « Je ne laisserai pas sans suite ce que tu viens de me faire. » Je manque de m'étrangler. Comment peut-on être aussi crédule ? À vrai dire, je l'aime bien, cette Anna. Toute frêle, petite, les cheveux déjà grisonnants. Anna a des manières qui ne laissent aucun doute sur son rang élevé. J'apprécie ses goûts et ses références. Nous venons du même monde et voir cette semblable faillir m'affecte quelque peu. Et surtout, quelle professionnelle ! Intelligente, brillante même.

Elle abat une quantité de travail considérable. Elle sait gérer seule des dossiers compliqués. Elle travaille beaucoup. Je peux la déranger le dimanche. C'est même arrivé que je l'appelle en pleine nuit et qu'elle décroche.

J'ai eu moi-même la faiblesse de me reproduire, donc je ne peux pas lui en vouloir. Mais dès qu'une femme devient mère, elle se laisse absorber tout entière par sa progéniture et c'en est fini de sa carrière. Bien sûr qu'il y a dans la maternité des jours heureux, de la fierté, des rires et des douceurs. Mais la vie est ainsi faite, les femmes doivent veiller à ne pas laisser les hommes occuper tout l'espace. En tant que femme, il est impérieux de ne pas céder de terrain et même de chercher à progresser, mère ou non.

Et le pire dans tout cela, c'est qu'Anna, en plus de se reproduire, pense bon de me confier ses élucubrations. Allait-elle pouvoir être sur les deux fronts à la fois, continuer sa carrière tout en restant présente pour cet enfant ? Elle a presque quarante ans. Elle a attendu longtemps pour le faire. Alors maintenant, si elle pouvait ralentir. Pas s'arrêter, non bien sûr, mais juste avoir un peu plus de temps. Elle m'en serait tellement reconnaissante. Si je pouvais, quand le bébé serait là, aménager un peu son emploi du temps. Elle resterait super investie, il ne fallait pas que j'en doute un instant. Mais tout de même, juste quelques heures ici et là. Elle aimerait, par exemple le mercredi, peut-être pas tous les mercredis, mais certains mercredis, se libérer un peu. Les enfants ont besoin de leurs parents. J'ai dû faire ça aussi quand Alice était petite, n'est-ce pas ? Elle sait que je la comprends.

J'écoute. Que répondre ? Je ne peux que sourire poliment en attendant que le flot s'arrête enfin. Tant de fois j'aurais voulu rester auprès d'Alice, mais un audit, une réunion, un déplacement m'attendait. Combien de vacances ont été abîmées par ces appels inopinés, ces mails urgents, ces dossiers trop importants. Souvent je me suis surprise à constater qu'Alice avait grandi soudainement, mes absences lui laissant le temps de devenir une autre sans crier gare. Tous ces messages des enseignants découverts trop tardivement et finalement traités par une autre.

Je laisse Anna partir en congé maternité. Dès son retour, je lui signifie que sa présence n'est plus requise et qu'elle est libre de pouponner le mercredi et tous les autres jours aussi. Ce n'est pas simple de trouver des insuffisances dans le travail d'Anna. Mais nous avons tous nos failles. Et la petite Anna, si solide soit-elle, ne fait pas exception. Il est vrai que je dois soudoyer quelque peu un client pour que ce dernier m'accorde un témoignage à charge. Le fond est vrai, elle est trop sèche dans ses rapports avec ce monsieur important. Oui, il est indélicat. Misogyne, OK, très bien, je ne peux pas le nier. C'est vrai, garder des distances strictes est le seul moyen de se prémunir contre ses incartades graveleuses. Mais que veux-tu, Anna, c'est notre lot à toutes, femmes puissantes, que de subir ces misérables hommes. Il faut trouver autre chose que la froideur. Un client reste un client. Et puis il me faut surtout une bonne excuse.

Je regarde Anna quitter le bureau. Elle ne l'a pas si mal pris.

Je m'enfonce dans mon fauteuil. Mon bureau est magnifique. Cette pièce est la plus belle de tout l'immeuble. Reine du dernier étage de cette tour gigantesque, j'ai l'impression d'avoir triomphé du plus haut des phallus. Je me délecte dans ce temple érigé en mon nom et par mes soins. Mon immense fauteuil domine un meuble sombre et sobre. Un canapé Swan rouge tend les bras aux visiteurs qui osent rarement poser leur croupe sur cette pièce d'exception. Ma bibliothèque Nuage rouge, jaune et bleu se dresse fièrement à droite, remplie des livres dont je me suis repue. Une lampe Pipistrello au pied d'or daigne éclairer cet ensemble. Je me prélasse en compagnie de mes colifichets hors de prix. Je contemple les témoins de ma réussite. Une petite pause bien méritée car bien qu'il soit déjà l'heure de rentrer, la journée n'est pas finie, et ma dernière besogne n'est pas aisée. Ce soir, j'ai décidé de licencier Fatima.

J'avais d'abord pensé utiliser l'argument de la nourriture. Alice a des rondeurs, discrètes, certes, mais des rondeurs tout de même. Forcément, Fatima cuisine des sucreries de son pays bien trop souvent. Ces fameux makrouts. Je ne peux pas dire grand-chose, mon mari s'en goinfre sans aucune décence. D'ailleurs, Pierre adore Fatima, depuis huit ans qu'elle élève notre fille. Parfois je me demande si elle non plus, il n'aurait pas envie de l'emmener dans son lit. « Mais non, elle est très bien, Fatima. Tu te prends la tête pour rien, Valentine. Regarde Alice, comme elle est contente. Mais non, elle n'est pas grosse, qu'est-ce que tu racontes ? Tu délires. » Peu lui importe, à lui, qu'elle soit ronde ou carrée, sa fille. C'est à peine s'il se souvient de son deuxième prénom.

Je n'ai pas eu besoin de monter le dossier médical que j'envisageais pour prouver qu'Alice mangeait trop de sucre. Cette sotte de Fatima a perdu l'enfant au musée. Pas longtemps, apparemment, Alice ne s'en est même pas aperçue. Évidemment, elle est tellement étourdie. Fatima a eu la bêtise de me raconter l'épisode, tête baissée. Cette gourde m'a donné le bâton pour se faire battre et le motif à inscrire sur mon courrier.

J'admets que Fatima a longtemps satisfait mes attentes. Je crois qu'en huit ans elle ne fut jamais absente. Il est vrai qu'elle est plutôt instruite, et qu'elle est investie dans l'éducation d'Alice. Nul ne peut nier que ma fille est bonne élève. Elle a sauté une classe. J'ai refusé le deuxième saut de classe. Je n'en ai passé qu'une, moi. C'est suffisant, il me semble. Ses prédispositions, ce sont les gènes d'abord. Malgré tout, Alice doit parler anglais couramment et une étudiante américaine s'occupera d'elle dorénavant. Maîtriser cette langue demeure indispensable si elle veut intégrer un excellent établissement et j'ai déjà trop tardé à traiter ce sujet.

Et puis, cette joie de vivre dont Alice déborde, cet émerveillement pour un oui ou pour non, ces fanfares de fous rires, c'est trop. Ses yeux clairs toujours joyeux, ses cheveux fins couleur soleil, ses pommettes roses comme des bonbons, et son visage joliment rond brossent un portrait trop lumineux. Cela m'effraie. J'en ai mal au ventre. La voir étaler son bonheur sans aucune retenue me fait peur. J'ai peur pour elle. Peur qu'elle découvre un jour la vérité brutalement. C'est mon rôle de mère que de la lui dévoiler.

Car elle se plante sur ce qu'est la vie, la pauvre. La vie est acide, les amis n'existent pas et l'amour est une utopie. Si elle continue comme ça, elle va finir hippie, et grosse. La fée clochette volette depuis bien trop longtemps. Il est temps de ramener la fillette sur le bitume de l'existence. Je ne lui rends pas service à la laisser vivre ainsi dans sa chimère. J'ai le sentiment qu'Alice est destinée à de grandes réussites. Mais le succès ne tombe pas du ciel. Il ne faudrait pas qu'elle finisse oisive, comme son père, à se contenter de faire le bouffon dans un golf ridicule. Alice est d'un naturel joyeux, elle saura passer à autre chose. Et je serai là pour elle. Je crois.

Chapitre 13

Fatima Ayouch

Les épreuves qui nous attendent dans la vie sont imprévues, inattendues ; personne ne peut nous y préparer directement, seule une âme forte nous prépare à tout.

Maria Montessori

VALENTINE demande à me parler dans la cuisine. Il est vingt heures. Je viens de quitter la chambre d'Alice, nourrie, lavée, préparée pour aller se coucher. Je l'ai laissée avec son casque sur les oreilles. Tous les soirs, elle écoute des histoires. Des contes mettant en scène des filles valeureuses, qui ne reculent pas devant les obstacles et n'attendent ni baiser ni épée de leurs amis garçons. Valentine m'invite à m'asseoir autour de la table. Elle prend place face à moi avec un grand sourire figé. Ses mains sont posées l'une sur l'autre. Comme à son habitude, son dos est bien droit, sa coupe blonde parfaite, et ses vêtements aussi présentables et lisses que s'ils venaient d'être enfilés. Elle ressemble à ces présidents de la République, qui présentent leurs vœux à des millions de téléspectateurs. Pourtant je suis seule et ses vœux ressemblent à des pieux.

— Fatima, j'ai réfléchi à l'incident qui s'est produit au Louvre avec Alice il y a deux jours et je dois dire que cela me contrarie.

— Oui je comprends, comme je vous l'ai dit, tout cela s'est passé très vite et cela n'arrivera plus, je vous le garantis.

— Sauf que c'est arrivé et que le lien de confiance est brisé.

Un bourdonnement me gêne dans les oreilles. Mon ventre me fait mal. Ma gorge se noue. J'ai soudain très chaud.

— Vous plaisantez, Valentine, c'est le premier incident en huit ans de bons et loyaux services.

— Oui, je vous suis très reconnaissante de cet investissement et je saurai m'en souvenir. Comptez sur moi pour être discrète sur cet incident et vous fournir ma recommandation.

— Me recommander à d'autres ?

— Enfin, vous ne pensiez tout de même pas vous occuper d'Alice jusqu'à ses dix-huit ans ?

— Mais elle est encore si jeune !

— Vous savez, entre nous, cet incident arrive à point nommé. Le moment est venu pour Alice de se mettre sérieusement à l'anglais. Elle n'intégrera aucune grande école sans maîtriser parfaitement cette langue et idéalement, il aurait même fallu qu'elle commence plus tôt.

— Valentine, je ne comprends pas.

Elle soupire.

— Avoir perdu Alice est une faute grave, qui justifie un licenciement. Remerciez-moi de vous l'annoncer de vive voix, j'aurais très bien pu le faire par courrier. Et comme je vous l'ai expliqué, ce sera pour le bien d'Alice. Nous allons chercher une jeune étudiante anglophone qui se chargera de garder Alice et de converser avec elle.

— Il y a forcément une erreur. Vous savez très bien ce que je représente pour Alice. J'ai élevé cette enfant, je l'aime comme ma propre fille.

— Alice n'est pas votre fille et elle ne le sera jamais. C'est la mienne et je suis la personne la mieux placée pour savoir ce qui est bon pour elle.

Mon cœur est serré comme jamais. J'arrive à articuler une dernière phrase.

— Est-ce que je peux parler à Alice ?

— Je ne pense pas que ce soit une bonne idée, Fatima, elle s'apprête à s'endormir. Vous savez que c'est préférable pour Alice.

Je n'ai jamais souhaité la mort de personne mais là, tout mon être est disposé à trucider Valentine. Que va devenir Alice ? Qui en prendra soin ? Personne ne la connaît comme je la connais. Pas même sa mère. Encore moins son père. Cette nouvelle va l'anéantir et je ne serai même pas là pour la consoler. C'est un cauchemar, un mauvais rêve, je vais forcément me réveiller. Mon Dieu, aidez-moi. Aidez Alice. Elle a encore besoin de moi. Que je suis stupide ! Comment n'ai-je pas anticipé tout cela ? Quel manque de jugeotte ! Quelle faute !

Je suis restée dans un état de veille brumeuse toute la nuit. Je me lève. Mon corps est endolori de n'avoir pas beaucoup dormi. Cette femme est un monstre. Depuis hier soir, je ressasse ses mots explosifs prononcés sans émoi. J'essaie de les digérer, de les endurer, de les tempérer. Il doit y avoir erreur. Peut-être ai-je mal compris. Elle va changer d'avis. Je serre le courrier. Je l'ai laissé fermé. Depuis combien de temps suis-je ainsi pétrifiée, allongée dans mon lit, sans vie ? Le temps s'est arrêté. Je sens l'enveloppe dans mes mains. Je l'ai gardée toute la nuit. Qui eût cru qu'un papier si léger puisse ainsi m'assommer ? Je m'approche de la fenêtre. Le soleil caresse ma peau. Dieu m'envoie du réconfort. Des enfants s'amusent dans le parc en bas de mon immeuble. Une verdure piteuse entoure cet espace clos, que de vieilles structures de jeux peinent à égayer. Deux fillettes y jouent à chat. Elles s'amusent comme si rien d'autre n'avait d'importance. Elles courent, elles sautent, elles rient, elles virevoltent autour des toboggans. Que Dieu les bénisse. Observer leur joie me transperce le cœur. Je pleure.

Chapitre 14

Alice de Richebois

Dans la vie sociale, nous ne trouvons que trop d'exemples
de cette paresse intellectuelle chez des personnes qui ont
pour seule préoccupation de bien s'habiller,
de faire des commérages et d'aller au cinéma.
L'intelligence de ces personnes est irrémédiablement
confinée derrière des barreaux impossibles à ouvrir ;
leurs intérêts sont de plus en plus limités
et exclusivement centrés sur leur petit ego,
indifférentes qu'elles sont aux merveilles du monde,
insouciantes des souffrances de l'humanité.
C'est vraiment comme mourir tout en restant en vie.

Maria Montessori

Je déteste être en voiture avec ma mère. J'ai toujours peur quand elle est au volant. Elle freine brusquement, elle repart abruptement, fonce sans prêter attention aux autres voitures qu'elle double comme si elle leur avait concédé un bout de route jusqu'alors. Je ferme les yeux pour essayer d'oublier ce calvaire, mais c'est pire. Je rouvre les yeux et je regarde la main de ma mère agrippée au volant. Elle se crispe et se détend parfois, mais elle ne desserre jamais complètement l'étau.

— J'ai mal au cœur.

— Arrête tes manières, on arrive dans cinq minutes.

Je note tout de même que sa conduite s'adoucit. Ou alors est-ce la route qui s'aplanit.

Nous arrivons chez ma grand-mère maternelle. Je n'ai jamais connu mon grand-père. Ma mère non plus d'ailleurs. Ma grand-mère s'appelle Madeleine, elle tient à ce que je l'appelle ainsi. Mon amie Lola appelle la sienne « Mamie ». Au parc aussi, j'entends souvent les enfants appeler leur « mémé ». Dans beaucoup de mes livres, j'ai vu passer des « Mamie » et quelques « Papi ». Ici, c'est juste Madeleine. Nous allons chez elle une fois par mois, le dimanche. Nous y prenons un café et mangeons quelques biscuits sans saveur. Un jour, je lui dis en riant « Tu t'appelles comme ça alors tu pourrais nous servir des madeleines quand même ». Papa est là. Il éclate de rire. Ma mère nous fusille du regard. La rombière me regarde de très haut. Elle n'est pourtant pas bien grande. Je comprends que je peux continuer de rire, mais plutôt dans ma tête. Tant pis pour elle si elle ne sait pas apprécier les bonnes blagues. Moi, je sais que cette blague fera rire mes copains Lola, Justine, Anissa, Pauline et Augustin. J'imagine déjà leur tête. « Vous savez quoi ? Ma grand-mère s'appelle Madeleine, et elle ne nous en sert jamais. » Et je ne m'y trompe pas. Dès le lundi suivant, ma blague est un vrai succès, tout le monde rit de bon cœur à la récré. « Ma grand-mère, c'est une Madeleine, mais ce n'est pas du gâteau ! » Je me souviens du beau visage de Lola sublimé par le rire, étincelant de joie.

Madeleine réside au Vésinet, dans une bâtisse immense, entourée d'un gigantesque jardin encerclé par d'autres énormes demeures. Elle ne vit pas seule. Une dame, Maria, habite la petite maison du jardin. Elle nettoie, du matin au soir, les pièces vides de la grande demeure. Il y a aussi le jardinier, Karim, qui occupe le logement du sous-sol. J'ai compté la dernière fois, ça fait quand même neuf chambres, deux salons, cinq salles de bains, quatre toilettes et deux terrasses pour ma grand-mère. Dommage qu'elle n'aime pas jouer à cache-cache, elle s'amuserait bien. Je me demande bien ce qui peut l'amuser. J'ai lu qu'on pouvait pleurer comme une madeleine. Sèche comme elle est, je doute que la mienne puisse pleurer une seule larme.

Ma grand-mère est petite, maigre et mauvaise. Quand je lis des histoires de sorcières qui mangent les enfants ou qui piquent les doigts des princesses, je me les figure exactement comme elle. Elle porte le même casque de cheveux parfaitement blonds en toute occasion. Je n'ai jamais vu sa coiffure bouger d'un iota et je trouve ça effrayant. Elle porte toujours des vêtements ajustés et des chaussures à talons, ce qui est dommage quand on est chez soi. Rien ne vaut d'être pieds nus. Ma mère et elle discutent de tout et de rien, une heure ou deux puis nous repartons, tous soulagés quand ce moment s'est bien passé. Parfois Papa nous accompagne. Je préfère quand il est là car il joue avec moi pendant que Maman et Madeleine parlent. Il arrive souvent que ma grand-mère m'agresse, comme ça, gratuitement. Un jour, je chantonnais dans mon coin en faisant un dessin. Elle me lança : « Es-tu toujours aussi bêta ou est-ce seulement pour m'énerver ? » Je ne compris pas bien, mais la brutalité de son ton me gifla. Il me fallut quelques secondes puis une réponse me vint enfin : « Et toi, es-tu toujours aussi moche, ou est-ce seulement pour me recevoir ? ». Trouver des réponses à ses remarques méchantes est une discipline à laquelle j'excelle. Comme à chaque fois, elle se plaint à ma mère de mon manque d'éducation. Élevée par une Arabe, forcément, à quoi s'attendre ? Ce n'était pas faute d'avoir prévenu, et à de nombreuses reprises. Ces gens-là sont mal élevés. Voilà comment était sali son nom. Comme à chaque fois, je fonds en larmes et nous écourtons la visite. Ma mère ne me défend jamais dans ces moments, mais jamais elle ne me réprimande.

Ce jour-là, Papa n'est pas venu et je n'arrive pas à m'occuper seule. Dessiner m'ennuie, je n'ai pas envie de lire, il fait gris dehors, je me sens lasse. Fatima a été licenciée. « L'incident du Louvre est très grave, Alice », insiste Maman. Il est évident que Fatima est irresponsable et il faut que je devienne bilingue. Dorénavant, je serai gardée par une étudiante américaine qui me parlera uniquement en anglais. J'ai signifié à ma mère que je n'en avais pas la moindre envie. Quant au Louvre, qu'elle ne s'inquiète pas, tout est ma faute. Je me suis perdue toute seule, je suis partie précipitamment à la poursuite d'un jeune garçon qui ne savait pas contempler les œuvres, Fatima n'y est pour rien. Ma mère n'a rien voulu entendre. Mon histoire n'a pas de sens, a-t-elle conclu. Mais je suis sûre qu'elle va revenir sur sa décision. J'espère juste qu'elle ne mettra pas trop de temps. Je parlerai à Maman ce soir, c'est évident qu'elle va reconnaître sa bêtise et revenir sur cette décision absurde.

En attendant, je l'observe discuter avec Madeleine. Je suis assise près d'elles et je tourne négligemment les pages de mon magazine de sciences. C'est Fatima qui m'y a abonnée. Ce numéro parle de la formation de la neige, de la symétrie poétique des six branches qui forment le flocon. Ma mère raconte le licenciement de Fatima. Maman se tient très droite, les jambes rangées, les mains posées sur ses genoux, dans une asymétrie sans harmonie. Elle maintient cette position sans jamais fléchir. C'est fou, cette solidité. Elle m'impressionne.

Je ne comprends pas ce qu'elle raconte, elle utilise des mots dont le sens m'échappe comme « motif de licenciement » ou « indemnité légale » et « durée du préavis ». Sa droiture m'interpelle. Je l'imagine vaciller dans cette posture et tomber à la renverse de manière ridicule, sans jamais quitter cette rectitude. Je souris de la voir ainsi dans mon esprit. Elle est drôle ainsi renversée, dans sa position solide et ferme. Dans ma tête, elle ressemble à ces tortues sur le dos, coincées par leur carapace inamovible, et bien incapables de s'adapter à cette nouvelle situation. Des sourires fugaces traversent son visage. Madeleine a l'air satisfaite. Je comprends qu'elle est heureuse que Fatima ait été licenciée. Elle est bête de se réjouir si vite. J'ai hâte de lui annoncer que Fatima est revenue pour observer sa tête mortifiée à notre prochaine visite.

Chapitre 15

Valentine de Barnay

L'enfant qui naît n'entre pas dans une ambiance naturelle : il entre dans la civilisation où se développe la vie des hommes.

Maria Montessori

Les femmes, ce n'est franchement pas la panacée, surtout en entreprise, mais avec les hommes, on touche vraiment les bas-fonds de l'humanité. C'est bien simple, je hais les hommes, surtout le mien. Je suis en colère comme jamais contre Pierre. Comment ose-t-il ? Comment se permet-il ?

Je renonce à être aimée, ne serait-ce qu'un peu. J'assure l'intendance quotidienne de notre foyer, les femmes de ménage, la cuisinière, la liste des courses, les commandes, l'organisation de notre vie sociale, l'anticipation de nos vacances, l'agencement exceptionnel de notre domicile, dans lequel Monsieur est si fier de recevoir. Je risque ma carrière, pourtant tellement plus réussie que la sienne, pour accueillir dans mon corps, dans mon utérus, près de quatre kilos d'une chair vivante qui tambourine pendant des semaines pour me signifier sa présence. Comme si ce ventre énorme n'était pas suffisant pour qu'on comprenne.

Je prends dans la gueule à la deuxième échographie qu'une fille, pour assurer la lignée, « ce n'est pas idéal idéal ».

« Ce n'est pas du tout misogyne Valentine, c'est pragmatique. Si c'est une fille, elle épousera un homme, qui lui donnera son nom, et pour le mien, c'est fichu. C'est super mignon, une fille, je suis content, mais ce serait super qu'ensuite on essaie d'avoir un garçon aussi, tu ne crois pas ? »

Qu'il aille donc voir chez les Grecs si j'y suis, pour faire un garçon.

Ensuite, je souffre comme une damnée parce que ce vaurien d'anesthésiste, payé une fortune dans une clinique privée, n'est pas fichu de poser correctement une péridurale. S'il avait fallu faire une anesthésie pour intervenir sur la prostate de son alter ego, je parie cent mille euros que cet idiot s'y serait mieux pris. À cause de ce crétin, je crois mourir à chaque contraction, ou du moins je l'espère, afin que ce supplice cesse enfin. Mais pas du tout, je continue à vivre cette torture durant de longues et interminables heures. Des vagues de douleurs, qui vont et qui viennent, labourent tout mon être jusqu'à ce qu'enfin, au paroxysme du calvaire, mon corps se déchire pour que naisse Alice.

Puis, je suis obligée d'abandonner à une autre ce bébé qui, je le vois bien, est de plus en plus ravissant. Je sens mes yeux dévorer chaque centimètre de sa peau de pêche. Je constate comme mes bras ont envie de la serrer contre moi, combien mes lèvres crèvent d'envie de se déposer sur ses joues. Mes seins frustrés de ne pas l'avoir nourrie me sont douloureux. Mes jambes tressaillent, prêtes à se mouvoir pour la bercer tendrement. Mon cœur explose quand elle plonge ses yeux dans les miens. On dirait qu'elle s'inquiète pour moi. Qu'elle m'implore de lâcher et d'être ce que tous mes sens m'appellent à être. Mais il me faut contenir à tout prix cette fougue. Je n'ai d'autres choix que d'endiguer tout cela pour me concentrer sur mon travail. Dans la jungle de l'entreprise, chaque jour d'absence est un danger. Pour préserver ma place là-bas, je laisse Fatima prendre la mienne ici. Fatima, plus douce, plus aimante, plus mère que moi. Partout, ma place est inquiétée et jamais garantie. Sauf que je ne sais pas du tout comment être mère. Alors que mon titre de cheffe des armées, je sais exactement comment le défendre des fauves qui le convoitent. Surtout, je suis plus forte au combat qu'à l'amour, et je ne voudrais pas transformer la vie d'Alice en champ de bataille, alors je m'éclipse.

Lors de cette épreuve, où était-il, Pierre ? Quelle part a-t-il prise de toutes ces souffrances ? Comment a-t-il atténué ces tourments ? Qu'a-t-il pensé de cette organisation millimétrée mise en place pour que jamais le navire ne prenne l'eau ? Il n'était nulle part. Il n'a rien ressenti. Il n'a rien anticipé. Il s'est juste pavané devant ses courtisans pour montrer à quel point ses capacités reproductives fonctionnent à bloc.

— J'ai le droit de donner mon avis, je suis son père.

— Ah oui, tu es son père ? Et quand il fallait lui changer ses couches, quand il fallait acheter ses vêtements, quand il fallait l'inscrire à l'école, tu étais où ?

— Tu n'étais pas là non plus que je sache !

— Certes, mais j'ai eu au moins l'esprit de me faire remplacer.

— Tu exagères, je passe du temps avec Alice. Cette enfant est intelligente, brillante. Et je crois que Fatima lui donne une éducation excellente. Nous pourrions lui parler anglais nous-mêmes.

— Nous ne sommes jamais là, on n'apprend pas une langue par télépathie, et je te rappelle que Fatima a perdu Alice dans un musée.

— Nous savons tous les deux que c'est un incident anodin et que ce n'est pas pour ça que tu la vires. Putain, mais Valentine, tu ne vois pas qu'elle crève de tristesse, ta fille !

— Oui, elle est un peu triste. C'est vrai. Elle va s'en remettre, Pierre, elle n'est pas en sucre non plus.

— Je le sais depuis longtemps, mais à ce point, je ne pensais pas : tu es une vraie connasse, Valentine. Remarque, avec ta mère, tu as de qui tenir.

Et là, la gifle est partie. J'en fus la première surprise.

Chapitre 16

Fatima Ayouch

On m'a parlé d'un homme qui vivait dans l'obscurité
la plus profonde ; ses yeux, comme du fond d'un abîme,
n'avaient jamais vu la plus légère clarté.
On m'a dit qu'un homme vivait dans le silence :
jamais le bruit le plus imperceptible n'avait atteint son oreille…
J'entendis parler d'un homme qui vivait immergé dans l'eau ;
une eau d'une étrange tiédeur ; et qui, brusquement,
sortit à l'air dans les glaces. Il déploya ses poumons
qui n'avaient jamais respiré (les supplices de Tantale seraient
minces en comparaison…) mais il sortit victorieux.
L'air détendit d'un trait ses poumons repliés depuis toujours,
et alors, l'homme cria. Et l'on entendit sur la terre une voix
tremblante que jamais on n'avait entendue,
sortant d'une gorge qui n'avait jamais vibré.

Maria Montessori

Alice a un mois. Je la porte en écharpe. Nous sortons nous promener souvent. L'air est encore un peu tiède. Elle boit son biberon goulûment, ses yeux plantés dans les miens. Je sens parfois mes seins se tendre vers elle. Elle me sourit doucement. Ce bébé si petit, si vulnérable, est un cadeau du ciel. Je m'en émeus souvent. Je trouve les week-ends longs.

Alice a deux mois. Alice a trois mois. Son rire enchante nos journées. Elle observe avec soin les mobiles que je lui ai fabriqués. Je la vois déjà bien concentrée. Elle me regarde, amusée, lui chanter des chansons. Elle s'endort paisiblement de longues heures. Je regarde son petit corps se lever et s'abaisser doucement, bercé par le souffle de vie qui grandit en elle.

Alice a quatre mois. Alice a cinq mois. Alice a six mois. Nous discutons beaucoup. Je lui parle et elle gazouille volontiers. Elle découvre avec gourmandise le plaisir des repas. Nous sortons quand le soleil est là. Les comptines égaient les jours gris. Nous tournons les pages des premiers livres. Je lui apprends le langage des signes. Je l'observe qui rampe à la conquête de territoires toujours plus grands, toujours plus hauts. Exploratrice de la vie, elle s'amuse de tout et s'éprend d'un rien. J'imagine dans sa petite tête ronde la tempête synaptique tissant sans relâche son intelligence qui me semble déjà si vaste.

Alice a sept mois. Alice a huit mois. Alice a neuf mois. Elle fait ses premiers pas. Tout le monde s'en étonne. C'est tout de même singulier d'être aussi pressée. Ses pas sont vite assurés. Je cavale derrière elle. Elle rit aux éclats. Les journées sont belles. Nous visitons les parcs, observons les canards et rendons aux passants leurs sourires enchantés. Alice signe ses premiers mots. Nous sommes prises toutes les deux dans le tourbillon euphorique de cette vie qui exulte.

Alice a dix mois. Alice a onze mois. Alice a un an. Ses cheveux blonds sont devenus plus longs. Son visage poupon interpelle les badauds. Il faut dire qu'elle est belle, nul ne peut l'ignorer. J'ai rarement vu une enfant aimer autant les livres.

Nous lisons énormément. Des imagiers, des histoires, des contes, des magazines, des prospectus. Tout ce qui a des mots et des images doivent être commentés et étudiés de près. Elle goûte les makrouts que j'ai faits le week-end. Elle me signe « encore ». Je lui répète tous les jours un mantra « Tu es forte, tu es intelligente, tu es une lumière et je t'aime ». Elle me signe « encore ».

Alice a deux ans. C'est un trésor. Personne n'est plus riche que moi quand je la tiens dans les bras. Je la nourris de baisers, de câlins et de chatouilles. Ce sont des engrais puissants pour bien faire pousser les enfants. Son cerveau est en ébullition. Tous ces mots qu'elle a écoutés, regardés, assimilés, dévorés, depuis des mois, jaillissent de sa petite bouche comme des feux d'artifice. Elle est la première amusée de s'entendre ainsi parler. Elle continue sa conquête du savoir. Elle parcourt une quantité ahurissante d'albums pour enfants, mais pas uniquement cela. Elle aime aussi les albums-photo, les carnets de recettes et surtout les livres de poche sans aucune image. Elle s'allonge sur le sol et ouvre celui qu'elle a choisi, à l'endroit ou à l'envers, et scrute attentivement ces lignes. Essaie-t-elle d'arracher le secret de ces hiéroglyphes ? Ma Champollion finit par me tendre l'ouvrage pour se laisser bercer par la lecture de ces textes compliqués. Je me dis souvent que cette enfant est un génie et que dans quelques années je la verrai obtenir un prix Nobel. Je m'imagine répondre aux journalistes qui enquêtent sur les jeunes années de ce cerveau hors du commun. Je me vois leur répondre, fière, qu'elle lisait déjà des livres sans image à deux ans. Dieu a mis Alice sur mon chemin et m'a mise sur le sien.

Alice a trois ans. La nature a mis dans l'enfant toute la bonté du genre humain. J'observe comme le bourgeon de l'Homme est si bon. Alice déborde d'amour, de tendresse, de joie, d'empathie, de générosité et d'humour. Comment se fait-il que la fleur qui éclot ensuite se révèle pour certains si carnivore ? Si je me cogne, Alice vient me faire un bisou, me rendant tous ceux qu'elle a reçus comme pansement. Si je m'énerve, elle m'invite à respirer, me renvoyant aux conseils que je lui ai prodigués comme bâton de marche. Un jour, elle me vit verser une larme en écoutant une chanson. Elle prit un mouchoir. Elle me caressa doucement la joue pour sécher mes larmes et elle me caressa doucement le cœur avec ces mots : « Oh, je vois que tu es triste, je suis là pour toi, Fatima ».

Alice a quatre ans. Je ne la vois plus la journée. En complément, je travaille dans une cantine à Bondy. Les progrès d'Alice sont fulgurants. Elle lit déjà comme une enfant de cinq ou six ans, devant les yeux des adultes ébahis. Elle manipule les chiffres comme s'ils étaient ses pantins. Elle tire sur les ficelles des grandeurs et agite celles de l'algèbre aussi gaiement que celles de marionnettes soumises à ses fantaisies. Rien n'arrête ma Marie Curie dans sa conquête du savoir. Elle conquiert les apprentissages en argonaute invincible. Il lui faut toujours plus de livres, de visites aux musées, de vidéos qui expliquent. Son livre préféré est *Hayo le robot.* L'histoire d'un robot programmé par une petite fille et un petit garçon. S'imagine-t-elle déjà déboguer notre monde ? Alice dit détester l'école. Qu'elle s'y ennuie. J'y suis souvent convoquée car sa mère n'a pas le temps de répondre aux nombreuses sollicitations des maîtresses. Ses pitreries incessantes détournent les autres camarades de leurs travaux même si les enseignants ne peuvent que constater son intelligence extraordinaire. Je plaide sa cause d'enfant hors du commun et œuvre en sous-main pour que l'institution s'adapte à cette perle rare, et non qu'il lui faille subir l'inverse.

Alice a cinq ans. Alice est passionnée de rondeurs. Tout ce qui est rond suscite chez elle un émerveillement sans bornes. Elle aime tous les sports de ballon. Elle aime les planètes, les assiettes, les crêpes, les roues, les pièces de tous les pays du monde, les montres et par-dessus tout, les *Pilea peperomioides*, ces plantes aux feuilles délicatement rondes. Elle n'explique pas cette passion pour le rond. Moi je sais pour elle. Le rond, c'est le point de départ, et celui de l'arrivée. Le rond, c'est le point sur le « i ». On préfère tourner en rond que se mettre la tête au carré. Le rond permet de rouler, d'avancer, de dépasser. Le rond, c'est la perfection. Le rond, c'est elle. Et elle s'aime. C'est immense.

Alice a six ans. J'entends en boucle parler de la belle Lola, Justine, Anissa, Pauline et Augustin, les copains, les soutiens, les spectateurs amusés des prouesses d'Alice. Il faut les inviter, les retrouver, les appeler, les protéger, les cajoler et surtout les faire rigoler. Alice a un humour décapant et prend très à cœur son rôle de clown. Ses farces mijotent longuement dans son esprit facétieux et sont servies juste à point à ses petits convives ravis d'être ainsi repus chaque jour de généreux fous rires.

Alice a sept ans. L'âge *déraison*. Elle veut tout vivre, tout voir, tout savoir, tout goûter, tout explorer, pourvu qu'elle soit avec sa bande de gais lurons. Ils inventent des aventures folles dans lesquelles il est impérieux de triompher des méchants et de délivrer les gentils. Ils s'émeuvent d'une fourmilière qui grouille. Puis ils transforment la colonie en terrain d'explosions volcaniques de vinaigre et de bicarbonate. Ils observent dépités que les fourmis ne survivent pas à la fougue de leur âge. Je les regarde courir dans tous les sens et crier toute la joie d'une troupe d'enfants à qui la vie sourit à pleines dents.

Alice a huit ans. Alice a cent ans.

Chapitre 17

Alice de Richebois

Si les enfants refusent de faire ce que vous dites, s'ils se rebellent, c'est qu'ils sont en guerre avec l'humanité adulte.

Maria Montessori

Je n'ai pas du tout envie d'aller à l'école. J'ai mal au ventre, je suis fatiguée, je déteste mes copines, mon maître est un imbécile, ma classe est moche, les couloirs sont petits, la cour de récréation est trop grande. Je veux rester couchée et c'est tout. Ma mère est déjà venue trois fois dans ma chambre pour me tirer du lit mais je n'en sortirai pas, c'est hors de question. J'ai décidé d'y rester toute ma vie. De toute façon, il fait trop froid. Je lui ai dit que je n'avais pas envie de changer de nounou, que j'avais envie que Fatima reste et que je me suis perdue toute seule au musée. J'étais sûre qu'elle allait comprendre. C'est tellement simple. Mais non. C'est incroyable d'être aussi bête ! Elle dit qu'un enfant ne se perd pas tout seul. Que si ça arrive, c'est que l'adulte qui s'en charge n'est pas assez responsable. Que c'est trop grave. Elle dit vraiment n'importe quoi. Elle m'a aussi dit qu'il faut que j'apprenne à parler anglais pour faire une grande école. Que ça tombe bien. Ça tombe, c'est sûr, mais pas bien du tout. Puisque c'est ainsi, j'ai décidé de passer le reste de ma vie sous ma couette, d'apprendre à parler russe et de trouver la plus petite école possible. Si petite que j'aurais du mal à y entrer, qu'on ne la verra même pas et qu'il vaudra mieux rester faire dodo.

— Bon, Alice, maintenant tu te lèves, immédiatement. C'est la dernière fois que je te le demande. Habituellement je suis au travail à cette heure-là ! Te rends-tu compte de l'effort que je fais ?

— Non. Non, non, non et non.

— Abigail attend en bas que tu sois prête pour te conduire, il te reste dix minutes pour enfiler des habits. Tu mangeras une tartine en route. *Hurry up!*

— *Hurry* rien du tout ! Je reste couchée et puis c'est tout, tu me laisses tranquille maintenant.

— Tu as huit ans, ce n'est pas toi qui décides, tu ne parles pas comme ça et tu te lèves !

Elle parle plus fort, elle crie presque. Je n'ai pas peur d'elle, elle peut même hurler, je ne bougerai pas.

— Non, j'ai décidé de rester ici pour le restant de mes jours.

Elle m'attrape le bras très fort et essaie de me tirer. Sans réfléchir, je la mords à pleine dents. Elle hurle de douleur. Je crois que je lui ai fait mal. Enfin quelque chose qui me fait plaisir ce matin ! Elle s'époumone tout ce qu'elle peut en quittant la chambre et emporte ses cris avec elle. Je les entends, étouffés par les murs, mais ses paroles me parviennent avec clarté.

— Tu es complètement folle. Ça ne se passera pas comme ça. Je te préviens, je vais passer à la vitesse supérieure. Je n'avais pas mesuré à quel point tu es mal élevée et capricieuse, mais je reprends les choses en main. Tu vas comprendre la vie, ma petite chérie. Ah non, mais n'importe quoi ! J'ai trop traîné. Il était vraiment temps que je m'occupe de ton cas.

Elle baisse de quelques décibels pour s'adresser à l'Américaine.

— *Abigail, I'm late. Alice seems to be ill today. She is gonna stay at home with you. I'll call you later. Speak only in English with her!*

La porte claque. Enfin.

Je n'ai rien compris, mais je crois que j'ai gagné cette bataille puisqu'elle est partie. La nouvelle nounou entre dans ma chambre. Elle m'adresse un grand sourire.

— *I am Abigail, I am so happy to meet you Alice. You feel bad today, would you like to read a book with me?*

Elle est jolie, Abigail. Elle est très grande et mince. De larges et longues boucles rousses entourent son visage parsemé de taches de rousseur. Ses dents blanches illuminent sa moue joyeuse. Elle ressemble aux filles que l'on voit dans mes livres. Gentilles, radieuses, victorieuses en toutes circonstances. Elle porte un tee-shirt sur lequel est dessiné un emoji qui sourit et une jupe courte en jean qui dévoile de belles jambes musclées. Je crois qu'elle attend que je lui réponde mais je n'ai rien compris à son charabia. Ma gorge se noue, mon ventre se crispe et je pleure. Ce sont d'abord de petites larmes qui s'amassent au bord de mes yeux. Mais mes yeux sont trop étroits pour contenir toute cette tristesse, alors les larmes débordent et roulent doucement sur mes joues. Puis elles se transforment en grosses gouttes et les grosses gouttes en sanglots. Je me réfugie sous ma couette. J'ai trop chaud là-dessous, mais pour rien au monde je ne veux sortir de ma cachette. J'ai trop peur de ce qui va m'arriver dehors. Je suis sûre que cette Abigail aux airs de petite sirène va se transformer en monstre marin. Mieux vaut rester ici jusqu'à ce que la tempête passe ou que j'étouffe pour de bon.

Abigail retire la couette doucement. Le contraste de température me fait frissonner. Abigail ne sourit plus du tout et me fixe intensément. J'ai du mal à savoir si elle est inquiète, agacée ou en colère. Elle ne dit rien et même si elle parlait, cela ne m'aiderait pas. Et si c'était vraiment un monstre commandé par ma mère pour me punir ? Il n'y a qu'elle et moi dans cette maison. Je ne la connais pas. Elle pourrait me faire mal. Personne ne pourrait me défendre. Peut-être est-elle une voleuse, peut-être même qu'elle a un pistolet caché quelque part. Comment appeler la police ? Je n'ai pas de téléphone. Elle est si grande. Je ne pourrai jamais me sauver. Elle arriverait à me rattraper en deux enjambées. Son air grave me terrifie. Tout mon être tremble de sanglots et maintenant de peur tandis qu'elle s'approche doucement de moi. Je m'apprête à crier de toutes mes forces quand la sonnette de la maison retentit. Abigail descend. Je me précipite dans mon armoire pour échapper au monstre venu des profondeurs marines. Abigail remonte et revient dans ma chambre.

— *Alice, I think this is for you.*

Je sors de ma tanière avec prudence. Abigail me tend un carton. Curieuse de ce qui s'y trouve, je l'ouvre. Une odeur fantastique envahit mes narines et caresse tout mon être. Les makrouts de Fatima.

Chapitre 18

Valentine de Barnay

L'imagination n'a pas été donnée à l'homme
pour le simple plaisir d'imaginer des merveilles,
pas plus que les quatre caractéristiques communes
aux hommes (langage, religion, culte des morts et arts)
ne leur ont été données pour les faire vivre de contemplation.
L'imagination ne devient grande que lorsque l'homme,
grâce au courage et à l'effort, s'en sert en vue
de quelque création ; autrement, elle ne s'adresse
qu'à un esprit vagabondant dans le vide.
Maria Montessori

Mes vêtements gisent à mes pieds. Ma culotte, mon soutien-gorge, mon pantalon, ma chemise, mes chaussettes forment une nature morte peu harmonieuse. Tandis que je me tiens nue face à lui, j'observe, ennuyée, cet amas désordonné de tissus. Il faut vraiment que je prenne garde à mieux accorder mes vêtements. Si je devais être secourue ou s'il fallait m'arracher d'urgence mes habits, ce ne serait pas bien joli. Un slip kaki, un soutien-gorge lilas, un pantalon gris, une chemise fleurie et des chaussettes noires, c'est n'importe quoi. Sa voix m'arrache à ces pensées.

— Mais qu'est-ce que tu fous, Valentine ?

— Eh bien figure-toi que toute cette période agitée me donne envie de prendre un peu de bon temps, pas toi ?

— Quoi ? répond-il les yeux écarquillés.

— Ça fait un moment qu'il ne s'est rien passé entre nous. Que dirais-tu d'un massage et plus, si affinités ?

Ses yeux se plissent, ses sourcils se froncent, sa bouche se tord, tout son visage cherche à comprendre.

— Mais de quoi parles-tu ?

— De faire l'amour, Pierre ! Avec moi ! Tu te souviens que ça nous est arrivé quelques fois quand même ?

Je commence à perdre patience, et à avoir froid.

— Oui, il y a des années je crois. Mais là, je viens de te dire que je voulais divorcer et que je voulais refaire ma vie avec Jeanne.

— Je comprends tout ça tu sais. Ça fait plus de quinze ans que nous sommes mariés. Tu approches des quarante ans. C'est normal ce qui nous arrive. Ça ne m'inquiète pas. Ça passera, comme toujours.

Je sais pertinemment que ce que je suis en train de faire n'a aucun sens, ni même aucune chance d'aboutir. Quelle substance s'est emparée de mon cerveau pour me rendre si sotte ? Où puisé-je la force d'être aussi faible ? Et pourtant, je persiste, comme s'il y avait un petit espoir que tout cela aboutisse positivement. Comme s'il pouvait me répondre « Oh oui, Valentine, tu as raison, suis-je idiot. Faisons donc l'amour et passons à autre chose ».

— Considère que je te fais une contre-proposition, mon cher, à saisir dès à présent.

— Tu es complètement cinglée. Je savais que tu étais folle mais à ce point je ne me l'étais pas figuré, tu vois.

Soudain, ma nudité m'apparaît comme la partie la plus laide de cette nature morte qu'est devenu notre mariage. Je m'assois sur le lit et je réfugie mon corps du mieux que je peux derrière l'oreiller. Nous nous cachons, ma honte et moi, mais nous sommes si grosses comparées à ce petit oreiller.

— Je ne te fais donc plus aucun effet ?

— Non, aucun. En parlant de faire l'amour, d'ailleurs, sache que Jeanne est enceinte.

La dague plantée dans le ventre.

— Dégage.

— Regarde-toi, tu es pitoyable, Valentine.

— Je t'ai demandé de partir.

— Et regarde la façon dont tu traites ta propre fille.

— Elle dispose de tout ce dont elle a besoin.

— Je ne parle pas de matériel.

— Et donc la meilleure façon pour toi de t'occuper d'elle est de la laisser tomber…

— Je ne laisse pas tomber. Je viendrai la voir. Je serai présent. Mais toi, je ne te supporte plus.

— Alors, dégage.

— Écoute, je te fais une fleur. Je te propose d'annoncer à tout le monde que ce divorce est de ton initiative.

J'ai envie de le projeter par la fenêtre, de l'étouffer sous cet oreiller, de le planter, de lui prendre son air, de l'affamer et de l'assoiffer. Je m'imagine samouraï lui tranchant net la tête.

— J'accepte.

Chapitre 19

Alice de Richebois

Ce qui manque, ce n'est pas le temps, c'est la patience.
Maria Montessori

Le bruit aigu des assiettes qui s'entrechoquent. Les jérémiades étouffées de ma mère. La plainte des chaises sur le carrelage. Ça pue l'oignon frit jusque dans ma chambre.

Elle hurle en bas des escaliers.

— Alice ? À table !

Je ne bougerai pas pour manger un truc qui empeste toute la maison. Ça me rappelle les odeurs de la cantine, celles qui annoncent les repas ratés, qui ne valent pas la peine de faire la queue, prendre son plateau, aller s'assoir. Tout ça pour avoir dans son assiette un plat pourri. À l'école, on me force. À la maison, non merci ! Avec Lola, une fois, on a senti que le déjeuner n'allait pas être bon. Ça sentait l'épinard à plein nez. Alors on s'est cachées dans les toilettes pendant tout le repas. On rigolait et on savourait comme des folles les décharges d'adrénalines que procurent l'interdit. Ce qui est dingue, c'est que personne ne nous a cherchées. On est sorties des toilettes à la sonnerie et on est retournées en classe comme si de rien n'était. Les épinards pouvaient bien aller se faire cuire un œuf. À seize heures, j'ai supplié Fatima de m'acheter un deuxième pain au chocolat.

J'entends ses pas dans l'escalier. Sa tête apparaît à l'embrasure de ma porte. Maman affiche un sourire étudié.

— Alice. Tu viens, c'est prêt.

— Je déteste les oignons.

— Fais un effort ma chérie. J'ai trouvé cette recette sur Internet, je suis sûre que tu vas trouver ça très bon.

— Moi, je suis sûre que je vais trouver ça dégueu, ça sent mauvais jusqu'ici. Pourquoi tu te casses la tête à cuisiner ?

— Pour toi, Alice. Je me casse la tête pour toi.

Je soupire. Je suis lasse.

— Qu'est-ce que c'est ?

— Une quiche aux légumes, avec un peu d'oignons, c'est vrai, mais pas beaucoup.

— Franchement, une quiche aux légumes ? C'est trop nul. Tu peux me faire des pâtes plutôt, s'il te plaît ?

Son visage s'enflamme. Je la vois piquée, mais elle ravale sa colère.

— Allez, viens te mettre à table, s'il te plaît.

Abigail n'est pas là ce soir. Nous sommes assises l'une en face de l'autre, dans un silence écrasant, rompu seulement par le bruit des couverts. Je la regarde avaler sa part de quiche et me jeter des coups d'œil furtifs tandis que la mienne reste intacte.

— Alice, je t'en prie. Goûte cette quiche. Je t'assure qu'elle est très bonne. Je suis assez fière de moi, à vrai dire.

— Pourquoi Papa est parti ?

Elle arrête de mâcher alors que sa bouche est encore pleine. Je me demande si elle va recracher la bouchée ou s'étouffer avec. Je ne sais pas trop ce que je préférerais.

— Il est parti parce que Fatima est partie, c'est ça ?

Elle choisit de finir de mâcher et d'avaler.

— Non, cela n'a rien à voir. Il est parti parce que nous préférons ne plus être ensemble, tu comprends ?

— Papa, c'était pas ton amoureux, alors pourquoi il part maintenant ?

Elle avale de nouveau. Sa salive cette fois.

— Bien sûr que Papa était mon amoureux. Tu es un peu petite pour comprendre, ma chérie.

— Non, j'ai très bien compris. Il est parti parce que tu fais des quiches aux légumes qui puent l'oignon et que personne n'aime ça.

— Tu ne me parles pas comme ça, s'il te plaît. Et c'est la première fois que je fais cette recette, ton père ne l'a jamais goûtée.

— Justement, il est parti avant de devoir manger ta recette débile. Et il a bien raison !

Elle me regarde plusieurs secondes, pétrifiée. Est-ce qu'elle va pleurer ? Je crois que ça me plairait beaucoup. Ou peut-être que je détesterais. Je ne sais pas.

— Alice, la situation est difficile pour tout le monde. J'ai beaucoup de travail et j'essaie de faire ce qu'il y a de mieux pour toi.

— Comme dirait mon maître d'école : « Peut mieux faire ! »

Ses pupilles transpirent. Son assiette n'est pas terminée. Elle se met déjà à débarrasser. Elle laisse mon repas devant moi. Je la vois de dos, laver la vaisselle. C'est étonnant qu'elle soit à cet endroit, face à l'évier, à nettoyer. Je n'avais jamais remarqué comme ses cheveux sont longs et comme ils renvoient la lumière. Ils sont trop beaux, les cheveux de ma maman. On dirait les miens. Je croque la quiche.

— Elle est délicieuse, ta quiche, Maman.

Elle se retourne, les yeux enjoués, les joues trempées.

Chapitre 20

Fatima Ayouch

L'enfant en tant que travailleur, en tant que victime qui souffre, meilleur compagnon que nous ne le sommes pour lui, qui nous soutient dans le chemin de la vie, reste une figure méconnue.
Dans l'histoire de l'humanité il y a une page blanche sur cette figure. C'est cette page blanche que nous voulons commencer à remplir.
Maria Montessori

Je suis dans un amphithéâtre. Il fait trop chaud. Le bruit m'incommode. Nous nous sommes tassés les uns à côté des autres. Je n'aime pas être là. J'aimerais me trouver ailleurs. Je sue à grosses gouttes. La promiscuité, la crasse et la chaleur me donnent le bourdon. Soudain, un faisceau de lumière éclaire le centre de l'arène. Le chahut s'atténue. Le spectacle commence.

Une enfant se trouve au milieu de la scène. Elle est apeurée et aveuglée par la lumière crue qui tombe sur elle. Elle pleure. Un bourreau s'approche d'elle. Il est immense. Sa musculature puissante déborde de ses vêtements serrés. Les lacets de ses spartiates enlacent ses mollets. Ses yeux sont aussi sombres que sa barbe hirsute. Il s'approche du petit être terrorisé. Il tient un fouet. La caresse des lanières sur le sol me glace le sang. Le silence dans le public est total. Chaque pas qui le rapproche de l'enfant résonne dans l'arène. Il se tient désormais face à elle. Il paraît géant à côté du corps minuscule recroquevillé d'épouvante. Il n'a pas envie de lui faire mal, mais il n'en a pas le choix. Il aimerait qu'il en soit autrement, mais il est forcé de se soumettre à son destin funeste. Il brandit son fouet dans les airs et hurle de fureur. Je hurle avec lui et me réveille dans la nuit.

Je sue à grosses gouttes. Je me dégage de la couette brûlante et ouvre grand la fenêtre. L'air frais me saisit. Je prends plusieurs grandes respirations pour reprendre mes esprits. Quel cauchemar ! C'était si réel. Je sens encore l'odeur âcre de cette arène. Je m'aperçois que l'odeur vient de moi, de ma transpiration. Je me suis sentie impuissante, incapable de sauver cette enfant du supplice infâme qui allait s'abattre sur elle. Spectatrice parmi les spectateurs, je suis restée immobile devant cette scène insoutenable. Jusqu'à ce cri.

Qui était cette fillette ?

C'était Valentine. J'ai su dès que je l'ai vue qu'elle n'était pas celle qu'elle prétend être. Elle joue le bourreau, mais c'est elle la victime. Si colossale soit-elle, ses pieds ne sont même pas d'argile mais de sable. Une seule vague un peu forte dissoudrait l'empire. Derrière sa façade de pierre, elle cache de profondes meurtrissures. Il suffirait de gratter le vernis pour que soit révélé ce qu'elle est vraiment. Était-ce le prix à payer pour devenir si grande ? Doit-on d'abord être faible pour devenir puissante ? Elle est aussi tout ce que je n'ai pas su être. Valentine, c'est aussi l'exploit d'une femme, la grandeur d'une dame, la puissance d'une reine. Ma mère fut peut-être trop douce pour me permettre d'être forte. Je me suis complu dans ses caresses et j'ai fui les obstacles. Mais sans obstacle à franchir, nul sommet ne s'atteint. Je l'admire. Je l'envie. Qui, parmi nous autres, femmes, peut se targuer de conduire ainsi des milliers de ces fantassins contemporains ? Les femmes à la tête d'une si grande entreprise se comptent sur les doigts d'une main. Comment ne pas admirer les soieries sur les murs, les peintures hors de prix, le mobilier qui n'existe que pour elle et ses vêtements parfaitement ajustés ? J'entends que je ne parle pas aussi bien qu'elle. Il me faudrait encore dix vies pour avoir son cerveau, sa culture, son aisance, sa prestance. Et cent autres pour avoir sa richesse. J'ai beau me tenir droite, je me sens bien petite à côté de ma patronne.

C'était Alice. Cette merveille sur laquelle s'abat le déluge. Je m'en veux car je n'ai pas su lui donner les ressources pour faire face à de tels tourments. Elle est seule dans cette tempête et je sais qu'elle souffre. Je le sens dans mes entrailles qui se tordent, dans les paumes de mes mains qui chauffent et dans ma tête qui tambourine. Je le sens dans mes oreilles qui bourdonnent. Cette enfant est reliée à moi. Et j'ai beau savoir cette souffrance, je ne peux rien pour elle. Ça me rend folle. Peut-être suis-je lâche, après tout. Je ne peux rien ou me manque-t-il le courage de la sauver ? Je me soumets bien gentiment aux lois parce que c'est plus facile. Il est certain que tenter de la sauver serait risqué, illégal. Voilà pourquoi je ne fais rien. Parce que j'ai peur des conséquences, de ce qui pourrait m'arriver à moi. Alors que Dieu a placé dans mes bras cette enfant dès ses premiers souffles, je l'abandonne lâchement parce que je suis une trouillarde des juges et des sanctions. Est-ce ainsi que doit se comporter l'adulte dépositaire du bonheur d'un enfant ? Capituler dès la première bataille sans concevoir aucune riposte ? Je me range parmi les spectateurs de ces vies bafouées. Ces professeurs, ces soi-disant professionnels, ces voisins, ces grands-parents, ces oncles et ces tantes, ces psychiatres et autres psychologues à la noix, tous ces témoins d'enfances gâchées. Ils se bouchent les oreilles du mieux qu'ils peuvent et placent avec soin leurs œillères, pour ne rien voir. Pire, ils applaudissent et trouvent aux adultes défaillants de bonnes raisons d'aimer si mal leurs enfants. Les brimades, les pressions, les humiliations et même les coups forment leur arsenal éducatif. En broyant ces millions de gamins, c'est l'humanité tout entière qu'ils souillent. L'enfant est l'avenir de l'homme[1]. L'enfant broyé est l'avenir de l'homme aliéné. Je ne vaux pas mieux qu'eux en laissant ainsi Valentine broyer Alice. Mon Alice, mon bébé, ma petite fille, *hbibi*, ma rieuse, ma joueuse, ma tendre, ma futée, ma lectrice, ma justicière, ma courageuse. Elle m'a si souvent montré comme l'humain peut être bon, intelligent et juste.

Alice a deux ans. Nous sommes au square. Elle profite des jeux. Elle saute sur les feuilles séchées de l'automne. Elle dessine avec un bâton des formes sur le sol un peu tendre. Elle court dans tous les sens et crie toute la joie du jeune enfant que la vie n'entrave pas. Comme à chaque fois, elle vit intensément ce présent insouciant et chaque chose qui se trouve sur son passage est un nouvel amusement. Ses bruitages sont si marqués qu'ils semblent empruntés à un dessin animé. Elle lance des « oh » de surprise et des « ah » de délice qui font sourire les badauds. Soudain, un bébé se met à pleurer. C'est un nourrisson, de quelques semaines à peine. Son papa, assis sur un banc, le regard vague et des cernes jusqu'aux genoux, berce mollement

---

1. Dubuc, B., Montessori, M., & Pellerin, M. A. (2017). *L'enfant est l'avenir de l'homme. La formation de Londres*, 1946 (Schum/Education) (French Edition). DDB.

la poussette. Les cris du nouveau-né redoublent d'intensité. Il a beau accentuer le mouvement de la poussette, le bébé n'en démord pas. Il veut un câlin et il est prêt à perdre la voix pour faire entendre sa demande. Je l'observe, agacée. Mais quand va-t-il prendre son nourrisson et le serrer contre lui ? Pourquoi résiste-t-il ainsi au programme évident qu'a écrit la nature ? Alice a cessé de jouer. Elle fixe elle aussi ce duo mal accordé. Tout à coup, elle s'approche du papa et se plante devant lui. Je la laisse faire, curieuse. Elle lance au père impassible : « Le bébé, il est triste, il veut câlin. » Le père, pantois, sourit à ce drôle de petit être, qui du haut de ses deux ans, vient lui expliquer la vie. Pas les grands principes que les adultes se targuent de connaître mieux que les autres. Non, la vie, telle qu'elle est dans son plus simple appareil. Quand quelqu'un est triste, monsieur, on lui fait un câlin. C'est aussi simple que ça. Le père ne réagit pas. Il me sourit à moi aussi et continue à bercer dans sa poussette le bébé éploré. Alice se met alors à pleurer aussi fort qu'elle le peut. Sa joie fait place à une fureur spectaculaire. Sa petite bouche se déforme de colère. En quelques secondes son visage est mouillé par les larmes qui abondent. Je me précipite vers elle pour la prendre contre moi. Habituée, elle entoure ses petits bras autour de mon cou et pose sa tête sur mon épaule. Elle se fond tout entière dans cette étreinte. Par instinct, par imitation ou parce qu'il a compris la leçon, le papa saisit enfin son bébé qui cesse aussitôt de pleurer. Et nous voici, tous les deux, prenant soin comme il se doit de l'avenir de l'humanité.

Il faut que je sauve Alice, que je sauve la femme qu'elle sera. Je vais aller la chercher et l'emmener loin d'ici. Je ne sais pas encore où. Dieu m'a confié cette enfant, je n'ai pas le droit de la laisser comme ça. Je dois l'arracher à cette famille et lui rendre sa liberté. C'est mon devoir et je n'ai pas le droit de m'y dérober.

Comment m'y prendre ? Ce n'est quand même pas évident d'enlever comme ça une enfant. Non, c'est impossible, je ne peux pas faire ça. Nous serions jetées en pâture sur toutes les chaînes de télévision. Je deviendrai soudain une effroyable criminelle. Ma mère, ma sœur, mes frères subiraient un opprobre qu'ils n'ont pas mérité.

Oui, pourtant, il faut sauver Alice. Tant pis, je n'ai pas le choix. Alice est comme ma fille. D'ailleurs, en y réfléchissant bien, je suis davantage sa mère que Valentine. Je l'ai nourrie, habillée, instruite. Elle est à moi. Ce que la loi ne m'autorise pas, la nature me le permet. Demain dans l'après-midi, j'irai la chercher à l'école en prétextant un rendez-vous médical. La directrice me connaît très bien, je saurai la duper. Puis nous partirons. À l'étranger forcément. Dans quel pays irons-nous ? Où puis-je me réfugier ? Peut-être faudrait-il rester d'abord en France quelques semaines car les frontières seront surveillées. Il paraît qu'il existe des coins du pays presque inhabités. Nous pourrions trouver refuge dans une vieille maison. Il nous faudrait ensuite quitter le pays pour échapper aux autorités qui voudront la rendre à ses parents. Peut-être irons-nous au Maroc, j'ai encore de la famille. Si je les supplie, ils pourraient m'accueillir. Ou alors nous irons en Amérique du Sud, ou au Mexique, le pays de Frida Kahlo. J'ai suffisamment épargné d'argent pour nous permettre de vivre quelques semaines. Je parle un peu espagnol. Je trouverai un job, n'importe lequel, et Alice ira à l'école. Le soir, le week-end, les vacances, nous serons ensemble, nous formerons une famille heureuse et unie, peu importe où nous vivrons. Être ensemble nous suffira.

Ma pauvre Fatima, tu délires. Oui, je délire. La nuit, on délire.

Chapitre 21

Alice de Richebois

L'autonomie individuelle est la base du premier niveau d'éducation. Notre but à ce niveau, doit être de rendre l'enfant capable d'agir par lui-même. L'adulte doit représenter pour l'enfant une source d'aide et non un obstacle. Nous devons loyalement permettre la satisfaction des vrais besoins de l'enfant. Nous devons le laisser faire les choses par lui-même parce que sa vie même va dépendre de sa capacité à agir de façon autonome.

Maria Montessori

— Allô, Fatima ?

— Alice, *hbibi*, c'est toi ?

— Oui.

— Mais comment fais-tu pour m'appeler ?

— J'ai pris le téléphone de ma mère et je me suis enfermée dans la salle de bains. Ton numéro est dans son téléphone.

— Comment vas-tu, mon Alice ? Je suis contente que tu m'appelles. Ta mère le sait ? C'est peut-être mieux de lui dire ?

— Non, elle ne sait pas. Fatima. Je veux que tu reviennes.

— …

— Fatima ? Tu m'entends. Je veux que tu reviennes. Reviens, je t'en supplie. Pitié, reviens. Je veux que tu reviennes, tu comprends ?

— Alice, Alice, calme-toi, arrête de pleurer. Écoute-moi.

— Je veux que tu reviennes, que tu reviennes maintenant.

— Alice, écoute-moi. Calme-toi. Tu m'écoutes et tu fais exactement ce que je te dis. Tu t'assois en tailleur, le dos bien droit. Et tu prends trois grandes inspirations en même temps que moi. Je compte jusqu'à trois et tu inspires, je compte jusqu'à trois et tu expires. Un, deux, trois. Doucement. Expire. Un, deux, trois.

— Fatima, reviens s'il te plaît.

— Écoute-moi encore. Continue de respirer. Tu sens comme l'air entre dans tes narines. Tu sens comme il en sort. On va suivre ensemble dix respirations et ensuite on discutera. Voilà, c'est bien *hbibi*. Allez, encore. Voilà.

— Je ne veux pas méditer, je veux te parler.

— Je sais, Alice.

— Quand vas-tu revenir ?

— Je sais que tu es triste. Moi aussi, je suis très triste. Tu es encore petite, mais tu es aussi intelligente et tu vas devoir comprendre. Ça va aller, tu vas trouver en toi les ressources pour aller mieux.

— C'est injuste. Je déteste ma mère. Je vais en parler à mon maître. Je vais en parler à la police. Elle n'a pas le droit de faire ça.

— Alice, écoute-moi et essaie de retenir ce que je vais te dire. Ouvre grand tes oreilles. Tout change tout le temps. Tu respires puis tu inspires. Tes cheveux poussent. Les saisons défilent. Les nuages passent. Ta tristesse est un nuage. Aujourd'hui, c'est un gros nuage plein d'orages. Mais demain il s'estompera et il s'évanouira dans un grand ciel bleu. Aujourd'hui tu es triste, demain le temps aura apaisé tes blessures. La seule chose qui est toujours vraie, c'est que rien ne dure.

— C'est faux, Fatima. Je t'aime et je t'aimerai toujours.

— Tu as raison. Sauf l'amour. Quand il est vrai, il dure toujours. N'est-ce pas une raison de nous réjouir ? Toute notre vie, nous nous aimerons.

Tout est allé si vite. J'ai raccroché. J'ai posé le téléphone où je l'avais trouvé sur la table du salon. Ma mère était toujours dans son bureau, je suis passée devant pour vérifier. J'ai fait mine d'aller dans la cour. Je suis restée quelques minutes à prétendre jouer à la corde à sauter. La serrure de la grille était ouverte. Je me suis précipitée dehors. Et j'ai couru. Je me suis sauvée. Je me suis enfuie. À toute allure. À toute vitesse.

Mes tempes battent fort. J'ai chaud. Je suis moite. Je tremble. Je frissonne. Je me suis assise sur un banc au parc, pour reprendre mes esprits. Un garçon, que je ne connais pas, est venu s'asseoir à côté de moi.

— Qu'est-ce que tu fais là ? me demande le garçon.

— Je m'enfuis.

— Ah bon, ça ne se voit pas. Généralement, quand on s'enfuit, on court et on est pourchassé par des méchants. Tu es partie toute seule ?

— Oui.

— Pourquoi tu t'enfuis ?

— Parce que j'ai trouvé l'adresse de ma nounou et que j'ai décidé d'aller vivre chez elle.

— Ce n'est pas bien chez toi ?

— Non.

— Pourquoi ?

— Parce que.

— Elle vit où ta nounou ?

— 10, rue du Potager, 93140 Bondy.

— Je connais pas.

— Moi non plus.

Il se met à pleuvoir, la maman du garçon l'enjoint à la rejoindre et je me retrouve seule sur ce banc. Il est encore temps de rentrer chez moi. Peut-être que ce serait mieux en fait. Je ne sais même pas comment aller voir Fatima. Je me souviens un jour lui avoir demandé son trajet pour venir jusqu'à chez nous. Fatima m'avait alors décrit un itinéraire compliqué avec des numéros de métros puis des numéros de bus. Que suis-je bête de ne pas les avoir notés ! Si je demande à un adulte mon chemin, il va forcément se rendre compte que je suis seule et il va prévenir ma mère, il faut que je me débrouille seule. J'ai froid. La pluie a trempé mes cheveux, mon visage et mes vêtements. Il faut que je me dépêche. Ma mère va se rendre compte que je ne suis pas là.

Je sais où se trouve la station de métro. Je vais m'y abriter. Je regarde le plan affiché sur le mur. Sur quel point peux-tu bien habiter Fatima ? Bondy, Bondy, Bondy. C'est où, Bondy ? Ma vue se brouille à force de passer en revue chaque petit point de la carte. Mais combien de petits points ont-ils mis sur cette carte ? Il y en a au moins mille, c'est fou. J'ai mal au mollet à force d'être sur la pointe des pieds. Je recule pour laisser la place à une dame qui elle aussi examine les petits points. Elle me sourit.

— Tu es toute seule, ma grande ?

— Oui. Enfin non. Ma mère est juste allée à la boulangerie prendre du pain et je l'attends ici pour éviter d'être sous la pluie.

Je ris nerveusement. Mon cœur tambourine fort. Je crois qu'il va sortir de ma poitrine. J'ai peur. Mais je suis super fière de moi. La dame me croit. J'ai réussi à mentir à cette dame.

Mon plan fonctionne à merveille. Je suis une aventurière du métro. Je viens de passer le premier obstacle. Quand je vais raconter ça à Lola, elle ne va pas en revenir.

— Madame, vous savez où se trouve Bondy sur cette carte, s'il vous plaît ? Ma mère et moi nous devons nous y rendre et je sais qu'il faut trouver le petit point Bondy. Si je peux l'aider et lui faire gagner du temps, elle sera super contente.

— Bondy ? Houla, ce n'est pas à côté ça, Bondy. Attends un peu, laisse-moi voir.

Je vois son doigt glisser sur les petits points de haut en bas puis de bas en haut, sur les côtés. Comment fait-elle pour aller si vite ?

— « Pont de Bondy. » Voilà, regarde, c'est là. Tu diras à ta maman que tu l'as trouvé toute seule.

Elle me fait un clin d'œil et file à travers le portillon. J'ai envie de danser tellement je suis heureuse. J'ai trouvé Bondy. Quelle joie. Quel bonheur. Alors tu es là ma Fatima chérie, sur ce tout petit point. J'arrive ! J'ai si hâte de te retrouver. Je prends soudain conscience que je suis partie sans rien. « Mais quelle idiote, je n'ai pas pris d'argent. » Les pensées défilent à toute vitesse dans mon cerveau. Il faut que j'achète un ticket. Je sais exactement comment faire. Il faut que je trouve 1,90 €. Je regarde sur le sol. Allez, monsieur le Dieu de Fatima, c'est le moment de vous manifester. Évidemment, rien. J'en étais sûre. Je lui ai déjà dit, à Fatima, qu'à son Dieu, moi je n'y crois pas. La preuve. Je lui demande 1,90 €, c'est quand même pas grand-chose, et il ne me les donne même pas.

Bon, comment fait-on pour gagner 1,90 € en peu de temps quand on a huit ans ? J'observe les adultes défiler devant moi. Leur ticket glisse dans la fente si facilement. Ils ne se rendent pas compte de ce trésor en carton qu'ils insèrent machinalement et récupèrent sans y prêter attention. Il m'en faudrait un, un seul petit ticket pour retrouver ma Fatima.

Je sais. J'ai trouvé. Je suis trop forte. J'ai fait une quête pour les orphelins avec la classe. J'ai gagné quatre-vingt-dix euros en une journée, toute seule ! Je vais devoir encore mentir. Tant pis, c'est pour la bonne cause. J'interpelle la première dame qui passe.

— Bonjour madame, je m'appelle Alice, je suis élève de la classe de monsieur Cédric Beauregard, en CE2, à l'école Molière. Nous organisons une grande collecte pour l'orphelinat des sapeurs-pompiers de France. Voudriez-vous participer s'il vous plaît ?

— Oh que tu es mignonne ! Mais bien sûr. Mais tu es toute seule, ma grande ?

— Euh oui. Mon maître est parti chercher le reste du groupe, il voulait que j'évite de me mouiller sous la pluie.

— Ah ! très bien. Laisse-moi regarder ce qu'il me reste. Voilà pour toi.

Huit euros. Bingo. Je pense à Lola, j'ai hâte de lui raconter. Quelle aventure incroyable. Je pense à Cédric, mon maître. S'il apprend ce que j'ai fait, il va me tuer. Je pense à ma mère. Elle doit me chercher partout. Je me sens heureuse, libre, invincible. Je pense à mon père, il est à mille lieux d'imaginer ce que je vis. Peut-être ne le saura-t-il jamais. Je regarde la grande carte. Fatima me demandait toujours de préparer les trajets pour nos sorties. Cela faisait partie de mes responsabilités. Maintenant que je sais où se trouve le point Bondy, trouver comment y aller est trop facile. J'achète le ticket. Celui pour aller jusqu'à Bondy coûte plus cher. Qu'importe, j'ai assez pour l'aller et je ne prends pas de retour. Je m'engouffre dans le métro et m'installe sur un siège. Je sens mon ventre se tordre. Je ne sais pas si c'est de l'angoisse, de l'excitation, de la joie, de la fierté. Je crois que c'est un peu tout ça. Un monsieur lit son journal en face de moi. J'ai envie de lui raconter ce que je suis en train de faire. Je me retiens, c'est une bien mauvaise idée. Ranelagh, La Muette, Rue de la Pompe. Le monsieur sort. Une jeune fille brune prend sa place. Elle est plongée dans son téléphone. Elle ne me regarde même pas. Suis-je en train de rêver ou est-ce la réalité ? Trocadéro, Iéna, Alma-Marceau, Franklin D. Roosevelt, Saint-Philippe-du-Roule, Miromesnil, Saint-Augustin, Havre-Caumartin. Le métro se vide. C'est une grande station avec plein d'autres métros, c'est pour ça. Chaussée d'Antin-La Fayette, Richelieu-Drouot, Grands Boulevards. La fille brune se lève. Elle me sourit. Elle a l'air gentille. Je lui rends son sourire. Bonne Nouvelle, Strasbourg-Saint-Denis. Je me prépare, c'est bientôt à moi de descendre. Il ne faut pas que je loupe cette station. Je me faufile jusqu'à la porte. Je regarde le mur du tunnel filer à toute vitesse. Les roues crissent sur les rails. Le métro ralentit et freine brusquement. République. Je suis la première à descendre.

Je cherche le panneau « ligne 5 ». C'est facile, c'est comme le jeu de piste organisé dans la cour de récré. Sauf que là, il faut que je trouve et que je suive « ligne 5 – direction Bobigny-Pablo Picasso ».

Je marche vite dans les grands couloirs. De panneau « ligne 5 » en panneau « ligne 5 », j'arrive sur un quai. Prochain métro dans huit minutes. Que c'est long. Je n'ai rien à lire. Rien à faire. Je me souviens que Fatima m'invitait toujours à observer autour de moi pour chasser l'ennui, à scruter les détails, à imaginer les matières, à ressentir les bruits. « Le meilleur moment, c'est maintenant *hbibi*, tu ne crois pas ? » Oh non, ma Fatima, ce n'est pas maintenant, le meilleur moment ce sera tout à l'heure, quand je t'aurai retrouvée.

Je regarde les sièges. Ils sont rigolos, ces gros ronds rouges. On dirait des pavillons de trombones prêts à vrombir d'un instant à l'autre. J'attends quelques secondes. Ce serait chouette qu'elles jouent un petit morceau, ces curiosités mi-sièges mi-trombones. Si curieuses soient-elles, elles demeurent dramatiquement silencieuses. Alors je vais m'asseoir sur l'une d'elles, elle n'avait qu'à faire un petit effort. Tout à coup, je sens une odeur horrible, affreuse, atroce. Je regarde autour de moi. À côté de moi s'est affalé un drôle de monsieur. Nos regards se croisent. Il se met soudain à hurler des mots que je ne comprends pas. Je sursaute, j'ai très peur. Je baisse la tête et je me recroqueville. Mes muscles se tendent, prêts à subir la catastrophe qui s'annonce. Je suis tétanisée. L'odeur me tourmente. Je devrais me lever et partir mais je n'y arrive pas. J'essaie de ne plus respirer. Je tiens plusieurs secondes. Mais mon souffle reprend ses droits et le relent nauséabond envahit de nouveau mes narines. Pourquoi crie-t-il ainsi ? Je crois que je vais vomir. J'entends le bruit du métro qui arrive. Je ne sais pas comment, je me lève d'un coup. Je me précipite à l'intérieur. Les portes se referment. Mon cœur bat à cent mille à l'heure. Je regarde le monsieur qui continue de crier. Il donne l'impression de crier sur un fantôme, que lui seul voit. Je me souviens maintenant. Fatima m'a expliqué plusieurs fois. Des personnes boivent parfois. Et ça les rend furieuses, comme le capitaine Haddock.

Il n'y a aucune place dans ce métro, nous sommes tous collés comme des saucisses. Je croise plusieurs regards d'adultes. J'essaie de sourire. Quand on sourit, notre corps se sent mieux. Fatima dit toujours ça. « Quand tu n'es pas bien, fais un grand sourire et tu te sentiras déjà un peu mieux. » C'est vrai, je me sens déjà un peu mieux. Qu'elle est forte, ma Fatima !

Une dame très grosse me demande : « Tu es toute seule ? Où tu vas comme ça ? » Mon cœur se remet à me cogner. Il faut que je trouve quelque chose. Vite. Un mensonge qui paraît vrai. Mince, je suis à court d'idées. Mince, mince, mince. Allez, répond Alice. Je la regarde bouche ouverte, mais rien ne sort. La dame fronce les sourcils : « Tu es perdue ? Tu as besoin d'aide ? » Je prends une grande respiration, comme avant de monter sur la scène du théâtre à l'école et je fais le plus grand sourire possible :

— Je vais très bien. Merci beaucoup, madame. Je vais à Bondy, à Bondy rendre visite à ma cousine.

— Toute seule comme ça ? Tes parents te laissent prendre le métro ?

— Oui, parfaitement. J'ai l'habitude.

— Mais quel âge tu as ?

Je tente un gros coup. Je suis obligée autrement mon plan va capoter. Cette dame va me ramener chez ma mère, c'est sûr.

— J'ai onze ans.

— Onze ans. Ah oui ?

— Oui je sais, je suis petite, on me le dit tout le temps.

— Et elle habite où, ta cousine à Bondy ?

Ce n'est pas possible, c'est un agent secret, cette dame. Elle m'énerve, à la fin.

— Rue du Potager.

— Ah, dans le bâtiment jaune, c'est ça ?

— Euh oui, c'est ça.

La dame rit aux éclats. Est-ce qu'elle aussi a bu trop d'alcool ?

— Je te dis n'importe quoi et tu fonces tête baissée. Je ne sais pas ce que tu fais, mais Bondy, toute seule, à presque vingt heures… Il faut faire très attention. Allez, au revoir, blondinette.

Je ravale ma salive et me pince les lèvres.

Gare du Nord. Beaucoup de monde descend. Je vois une place se libérer près de la fenêtre. Je file m'asseoir et je décide de ne plus regarder que la fenêtre jusqu'à la fin du trajet. Stalingrad, Jaurès, Laumière, Ourcq, Porte de Pantin, Hoche, Église de Pantin, Bobigny - Pantin - Raymond Queneau et enfin Bobigny - Pablo Picasso. Je me glisse dans le flot de personnes qui sortent et s'engagent dans les couloirs. Quelle sortie dois-je prendre ? Je n'en ai aucune idée. Je me retrouve dehors. La nuit est tombée et cette obscurité inattendue me glace. J'ai froid, mes vêtements humides collent à ma peau. Je me sens complètement perdue dans cet étrange lieu. Je dois trouver le tramway 1. Je regarde partout autour de moi. Des silhouettes foncent tous azimuts d'un pas sûr. J'entends les sirènes de la police. Des bus surgissent de partout. Ils klaxonnent, freinent, avalent et dégobillent des hordes d'humains. Je vois au loin quelque chose qui ressemble à un tramway. Je m'y rends aussi vite que possible. Je remarque les regards sur moi. J'entends qu'on me parle. Je vois des jeunes gens rire. Se moquent-ils de moi ? Je me sens si petite, si seule. Heureusement le tramway est déjà là. Je monte. Je cherche un endroit où me terrer, une cachette pour m'abriter. Mais les tramways ne sont pas équipés de planques pour petites filles terrifiées. Si seulement la cape d'invisibilité d'Harry Potter existait ! Si seulement je pouvais m'y envelopper ! Je m'assois en face d'un vieux monsieur tanné. Il me sourit et toutes ses rides aussi. Ce sourire, c'est un vrai chocolat chaud. Je m'en délecte de longues minutes.

— Ça va, petite fille ?

Son accent est aussi doux que les makrouts de Fatima.

— Oui, merci beaucoup, monsieur. Et vous-même ?

— Tu es drôle, toi. Tu vas où comme ça ?

— Pont de Bondy.

— Eh bien, dépêche-toi de descendre, c'est ici.

Heureusement qu'il était là.

Je suis dehors. De nouveau, ce froid du soir. Où aller ? Comment retrouver Fatima dans cette immensité ? Je prends douloureusement conscience que mon plan était nul. Je suis une imbécile. Fatima habite Bondy mais est-ce que « Pont de Bondy » est à côté de chez elle ? Si Bondy est grand comme Paris, il me faut encore marcher des heures. Et surtout, dans quelle direction aller ? Des larmes coulent sur mes joues. Je m'assois sur le banc de l'arrêt du tramway, navrée d'être aussi stupide.

— Ça va pas, petite ?

Une jeune femme noire s'est assise à côté de moi. Sa peau est lisse et sans défaut. De longues et fines tresses entourent son beau visage. On dirait de gracieux serpents qui protègent leur reine. Qu'elle sent bon. Je renifle un coup.

— Vous sentez le musc, j'adore cette odeur.

— Eh bah alors, que t'arrive-t-il ? Qu'est-ce que tu fais toute seule ici, si tard ?

— Vous pouvez m'aider, madame, s'il vous plaît ?

— Je peux éventuellement voir ce que je peux faire si tu arrêtes tout de suite de m'appeler madame.

— Pardon.

Son rire bruyant me réconforte déjà.

— Ça va, je rigole. Comment je peux t'aider ?

— J'essaie de retrouver quelqu'un que j'aime beaucoup. C'est très important pour moi. Elle habite 10, rue du Potager.

— Bah, c'est juste à côté, ça.

Dans ma tête, les nuages s'étiolent, le ciel bleu apparaît, des centaines de fleurs bourgeonnent dans l'hiver.

— Ah bon ?

— Bah oui, regarde, tu vois la rue, là ? Tu la remontes un peu, tu tournes à droite et c'est la rue du Potager. Tu veux que je t'accompagne ? C'est mieux peut-être.

Je bondis sur mes deux pieds. « Non, non, c'est bon, c'est gentil » et je cours aussi vite que mes jambes me le permettent. Je pense que je vais au moins à quatorze kilomètres-heure. Si mes copines voyaient ça ! Dommage que je ne puisse pas me chronométrer. J'arrive devant un immeuble gigantesque qui serpente sur plusieurs dizaines de mètres. Mais comment fait-il pour décrire de telles courbes ? Je n'ai jamais rien vu de tel. Une prouesse architecturale. Il faudra que je pense à en parler à mon maître.

Je trouve le numéro dix. La porte s'ouvre toute seule. Un garçon m'accueille dans le hall. Il n'est plus un petit, il n'est pas encore un grand. Il fume. Une odeur que je ne connais pas se dégage de sa fumée. Il me regarde de haut en bas. Il sourit alors je souris aussi, mais je sens que quelque chose ne va pas. Tout à coup, il me pousse brutalement. Je suis projetée par terre et je me mets aussitôt à pleurer. Mon genou a cogné le sol. J'ai mal. Il a l'air si méchant.

— Alors Marie-Charlotte, on est perdue ou quoi ? Eh, elles sont belles, tes chaussures. Allez, tu me les donnes. Tiens, donne-moi aussi ton collier, Marie-Charlotte.

Il m'arrache mes affaires, mes chaussures, mon collier, puis ma montre, mes boucles d'oreille et même la barrette de mes cheveux. Son assaut me fait mal. Je suis tétanisée. J'ai juste assez d'énergie pour pleurer. Je sens un liquide réchauffer mon corps glacé. Il rit à gorge déployée, de ce rire qu'on n'entend que dans les dessins animés. Ce rire des méchants quand ils ont enfin capturé leur proie et qu'ils s'apprêtent à la faire passer à la marmite.

— Elle s'est seup dessus ! Bah alors, Marie-Charlotte, elles sont où tes bonnes manières ?

Il me gifle. Ma joue me brûle. Mes larmes s'arrêtent net. Mon souffle est coupé. Je suis pétrifiée, complètement ligotée par cet afflux de violence. Je n'ai jamais vu quelqu'un d'aussi cruel. Personne n'a le droit d'être aussi méchant. Il n'a pas le droit de me voler mes affaires. Et puis je ne m'appelle pas Marie-Charlotte. Je prends une grande respiration et je hurle de tout mon être. Dans ce cri, je mets le charabia d'Abigail, les méchancetés de Madeleine, ce chemin interminable, ces bruits, ces gens, cette pluie, ce froid, ces vêtements qui me collent, ce pipi qui m'humilie, cette gifle qui est de trop. Il m'attrape, essaie de me faire taire, mais je me débats et je m'égosille de plus belle. J'entends quelqu'un qui dévale les escaliers.

— Alice ! Alice, c'est toi !

— Fatima !

Fatima dévale les escaliers et se jette sur moi. Je m'agrippe à elle comme un bonobo qui retrouve sa mère absente depuis des semaines. Elle caresse mes cheveux. Elle chuchote des mots dans mon oreille : « Alice, c'est fini, je suis là, il ne t'arrivera plus rien. » Elle se relève en me gardant dans ses bras. Le vilain garçon ne dit plus rien.

— Tu te crois fort à violenter une petite fille sans défense ? Tu es tellement minable. Je m'occupe de toi dès que possible. Ta mère va être ravie quand je vais lui apprendre ce que tu as fait.

— Fatima, je savais pas que tu la connaissais, je suis désolée.

— Tais-toi. Tais-toi et dégage, vite !

Ma Fatima, je ne l'ai jamais vue comme ça. Tout est confus. La moiteur de l'urine, le froid, mes vêtements mouillés et collants, la chaleur de ses bras, celle de ma colère encore présente dans tous mes membres, celle du bonheur de te retrouver, ma Fatima.

Je suis arrivée au bout de mon aventure. Comme dans un jeu vidéo, j'ai gagné des pièces, j'ai vaincu des obstacles, j'ai combattu le froid, j'ai parlé à un vieux sage hâlé et à une belle reine noire. J'ai même triomphé du monstre final. Les princes peuvent bien aller se coucher, je me suis débrouillée comme une cheffe pour récupérer ma fée.

— Fatima, j'ai décidé de venir vivre avec toi.

Chapitre 22

Valentine de Barnay

Pour être prêt à la lutte, il n'est pas nécessaire d'avoir lutté depuis sa naissance, mais d'être fort.
Maria Montessori

Je crois en Dieu. Je ne crois pas en un Père tout-puissant, créateur du ciel et de la terre. Je crois plutôt en un dieu imparfait, dilettante et farceur. Je l'imagine assez bien, un peu bedonnant, sirotant un cocktail au soleil et s'apercevant brusquement qu'il a oublié qu'il lui fallait écrire la suite de l'histoire. Comme il ne s'est rien passé pendant plusieurs chapitres parce que Monsieur se prélassait sous les tropiques, il bâcle l'écriture et entasse toutes les aventures sur quelques pages sans se soucier de savoir si les personnages peuvent endurer cette cadence infernale. Une fois son chapitre terminé, il s'en retourne fainéanter jusqu'au prochain réveil, laissant enfin un répit aux personnages endoloris. Peut-être que tous les dieux ne sont pas aussi mufles que ça, mais le mien en tient une sacrée couche. Toute mon enfance est un concentré d'humiliations, injonctions et autres vexations qui s'enchaînent, me laissant à peine le temps de reprendre mon souffle. Je sors de la chrysalide de mon enfance tant bien que mal et, papillon insoupçonné sous cette enveloppe grossière, je déploie de larges ailes pour prendre un envol fabuleux. Je passe plusieurs années à sentir grandir la puissance d'être tout de même en vie. À force de travail et de sacrifices, ma domination devient une évidence et j'abats sans aucune difficulté toute personne qui en douterait.

Et là, le dieu mufle qui m'a été assigné est sorti de sa torpeur tropicale pour accélérer l'écriture de ma vie. Il m'a foutu la paix pendant des années et en une semaine il espère tout remettre en place et me précipiter vers la fin. D'abord, le divorce que j'encaisse tant bien que mal. La semaine suivante, la fugue d'Alice. Deux jours après la fugue, le scandale dans la presse. Deux jours. Sérieusement ? Deux jours. Il doit être sacrément tordu pour faire vivre ça aux humains sous sa responsabilité. Et ce n'est pas comme s'il existait un SAV des bons dieux auquel je pourrais aller me plaindre ! « Excusez-moi, monsieur l'archange, vous avez dû faire erreur, le dieu qui s'occupe de moi est vraiment merdique. Je vous rends la Bible, je vais plutôt essayer la Torah. » Non, vous avez un dieu peu prévenant. Tant pis pour vous, faites avec.

Ou peut-être que Dieu n'a rien à faire là-dedans et qu'en fait, tout est lié. Pierre a dû avoir vent des articles sur le point de paraître par son réseau et a préféré quitter le navire avant qu'il ne coule. Il s'est pavané à mes côtés tant que mon aura rejaillissait sur lui et l'aidait à avancer. Maintenant que le fauve est capturé et qu'il ne bénéficie plus de sa protection souveraine, il s'allie aux chasseurs et achève la bête à terre.

Et quelle proie je suis pour tous ces hommes ! Ils n'attendaient que ça, que je périclite, pour mettre fin à ce règne insupportable d'une femme sur eux. Et pourtant, leur médiocrité a tant de fois conforté ma supériorité. Il ne s'agissait là que de l'ordre naturel des choses. La femme est supérieure à l'homme. Tant de fois ai-je pu le constater! Mais l'homme n'aime pas la nature et veut à tout prix la soumettre. Il lui a fallu dominer les sols, puis les animaux et enfin, il lui a fallu dominer les femmes. Un jour, nous prendrons tous notre revanche. En attendant, c'est bien une femme qui leur a donné l'arme pour m'abattre.

Georges Brimont, président de notre cher conseil d'administration, entre dans mon bureau avec un large sourire. Je lève la tête et je sais immédiatement qu'il y a un gros problème. Il me sourit pendant plusieurs secondes. Je me dis que je n'ai jamais remarqué comme sa dentition était parfaite. C'est bien la seule chose parfaite sur ce laideron. Comme d'habitude, il est habillé d'un costume gris, d'une chemise blanche et d'une cravate ridicule. Cet accessoire est sans doute le pire message que l'homme occidental envoie au reste du monde. « Regardez à quel point nous sommes pris à la gorge. » Il s'assoit sans y être invité. Il me flanque sous les yeux un quotidien ouvert à la page « Économie ». Je reconnais aussitôt ma photo. Le titre de l'article est sans équivoque : « Valentine de Barnay, le tyran dévoilé. »

La première chose que je pense est qu'ils auraient tout de même pu titrer « la tyran ». Il ne m'est rien poussé entre les cuisses du fait de ma soi-disant tyrannie, que je sache.

Je prends le journal et m'installe confortablement pour lire.

VALENTINE DE BARNAY, LE TYRAN DÉVOILÉ
Elle est la grande cheffe depuis de longues années,
mais le règne de la despotique Valentine de Barnay
se voit entaché d'un scandale de taille. Un rapport interne
sur son management d'une brutalité exceptionnelle agite

la presse. Il est vrai que la femme d'affaires a tiré l'entreprise vers des résultats qu'aucun de ses prédécesseurs n'avaient crus atteignables, hissant le groupe au rang des géants mondiaux.

A-t-on drogué ce journaliste pour qu'il rédige de telles inepties ? Un management brutal ? Comme si la brutalité, la douceur, la méchanceté ou la bienveillance étaient considérées à la table du pouvoir. Depuis quand le management à ce niveau a quelque chose à voir avec quelques valeurs morales ? D'ailleurs, dans ces sphères, il n'y a pas de management, il n'y a que du combat. Le management, c'est un concept inventé pour contenir les syndicats. Au sommet, seuls les chiffres comptent. Ce qui importe, c'est plus, toujours plus, bien plus, encore plus, beaucoup plus.

Engagé par une ancienne collaboratrice proche de la directrice générale, le rapport compile les témoignages de plusieurs salarié·e·s du groupe. La dureté de Mme de Barnay a conduit nombre de ses adjoints au burn-out, à la dépression ou à la démission. Le rapport mentionne également des tentatives de suicide, minutieusement dissimulées via des tractations souterraines.

Pincez-moi, c'est un article parodique raté ? Celui d'un stagiaire parachuté ? Outre la médiocrité du texte, c'est surtout d'une bêtise bouleversante. Parce qu'ils imaginent mes petits collègues tout gentils, tout mignons, à subir les foudres de la folle dingue ? L'entreprise, c'est la foire d'empoigne. Les sales coups fusent tous azimuts. Non, la vraie raison, l'unique raison, tient à cette excroissance qui fait la fierté de ces messieurs et dont la nature ne m'a pas dotée. Sans ce morceau de chair pourtant quelconque, il en va ainsi pour les femmes. Cléopâtre n'était pas plus sanguinaire que ses alter ego pourvus d'un membre. Mais tandis que nous retenons surtout d'elle sa férocité, on se souvient de la grandeur des rois d'Égypte.

La gravité des accusations à l'encontre de Mme de Barnay a conduit le conseil d'administration à tenir une réunion exceptionnelle, à l'issue de laquelle une sanction exemplaire, dont les détails sont à ce jour inconnus a été décidée. Le président du conseil d'administration a tenu à saluer les qualités professionnelles de Mme de Barnay, soulignant avoir rarement rencontré durant sa carrière un cerveau aussi analytique. « Mme de Barnay est dotée d'une intelligence hors du commun qui fut grandement profitable à l'entreprise. Mais il convient de ne pas sacrifier l'humain sur l'autel de la croissance économique » résume le président.

Alors celle-là, c'est la meilleure. Cette cour d'abrutis en costume sombre m'a harcelée pendant des années avec ce besoin viscéral de croissance ! Des millions qui doivent se transformer en centaines de millions, des centaines de millions qui doivent accoucher de milliards, des milliards qui auraient dû absorber la planète entière à les entendre ! Jamais, au grand jamais, il n'a été question d'humain ! Enfin si. Les seuls humains dont il est question dans ces négociations forment un ensemble informe, une masse qu'on appelle salariale, qui doit absolument être réduite tandis que le profit grossit. Mais le pire, ce sont ces flatteries doucereuses, qui protègent surtout son auteur. N'allez pas dire après cela que ce monsieur est misogyne !

Je repose le journal sur le bureau avec une grande délicatesse. Je me lève lentement. Je ferme mon Moleskine dont je caresse doucement le cuir. Je remets la chaise derrière mon bureau avec précaution. Un sourire satisfait déforme le gros visage rougeaud de Georges de Brimont, boursouflé par la cupidité. Le rictus du cinquantenaire forme de profonds sillons autour de sa bouche et de ses yeux plissés, dégageant un nez épaté qui prend trop de place. En le regardant, je me dis que cet homme ressemble à un vulgaire primate qui a obtenu la meilleure banane. Parfaitement consciente de ce que je m'apprête à faire, je vais à lui pas à pas avec le même sourire béat que lui. Je me courbe un peu, j'approche ma tête à quelques centimètres de la sienne, je sens son souffle tiède – la richesse ne protège pas de l'halitose –, et je lui crache au visage.

Chapitre 23

Fatima Ayouch

L'enfant est pour l'humanité à la fois un espoir et une promesse.
En prenant soin de cet embryon comme de notre trésor
le plus précieux, nous travaillons à faire grandir l'humanité.
Maria Montessori

— FATIMA, j'ai décidé de venir vivre chez toi.

Sa phrase me fait l'effet d'un glaive. J'aimerais tellement que cela puisse être possible.

Ses cris ont transpercé mes tympans. J'ai d'abord cru que je devenais folle. J'ai vite compris que ces appels à l'aide étaient bien réels et qu'il était en train d'arriver malheur à mon Alice, à quelques mètres de moi. J'étais avachie devant un programme télévisé idiot. Je me suis précipitée sans réfléchir vers ce vacarme.

Je la trouve dépenaillée, sans chaussures, sans manteau, les vêtements déchirés, les yeux rouges, le teint pâle. Des mèches ébouriffées de ses cheveux blonds habituellement bien lisses sont collées sur ses joues et son front. Le reste de sa chevelure hirsute raconte le voyage qu'elle vient de faire et la lutte qu'elle a menée. J'ai envie de tuer ce garçon que je connais depuis toujours. Je sens en moi une bête féroce se réveiller d'un bond. Une louve prête à déchiqueter le prédateur de son louveteau. Il me faut beaucoup d'effort pour ne pas mettre en action le plan effroyable qui s'échafaude dans mon esprit. Je ne me pensais pas capable d'une telle haine. Il va payer cher ce qu'il vient de lui faire ! Je vais lui faire regretter d'être né. Une voix me dit aussi que je vais regretter d'avoir voulu lui faire regretter. Il vaut mieux qu'il déguerpisse et vite.

Je n'aurais jamais cru qu'Alice puisse faire une chose pareille. Fuguer et réussir à me retrouver. La serrer dans mes bras me fait l'effet d'un feu de joie qui jaillit soudain dans l'immensité d'un territoire glacé. Au contact de ce petit corps agrippé à moi comme si sa vie en dépendait, je sens la vie enflammer tous mes membres. Je voudrais que le temps s'arrête. Peu importe l'urine, la pluie, les larmes, l'odeur âcre de cette cage d'escalier, peu importe le duo improbable que nous formons dans cette étreinte. Je la porte jusqu'à chez moi. Nous nous installons telles quelles dans le fauteuil. Sans plus bouger. Nos respirations s'accordent et s'apaisent. Même la lumière me semble douce. Le silence a chassé le tapage. Il nous enveloppe.

Quel malheur. Chaque seconde qui s'écoule rend cette union un peu plus coupable. Je n'ai aucunement le droit de jouir de ce moment. Il me faut dès à présent avertir Valentine. Elle doit être meurtrie, dans tous ses états. Pourtant, je meurs d'envie que ce moment s'allonge, s'étire, dure, traîne, encore et encore. Profiter encore un peu d'Alice. Humer un peu plus ses cheveux qui sentent malgré tout l'odeur de l'enfance. Garder davantage ses petits bras frêles autour de mon cou. Que demeure quelques instants de plus sa tête adorable sur mon épaule. À l'urine, à ses pleurs, à la pluie imprégnée dans ses vêtements, s'ajoutent mes larmes. Nous sommes toutes les deux plongées dans un mélange de fluides. J'ai l'idée que nous puissions fusionner dans ces liquides, ne faire plus qu'une. Puissent ces eaux indistinctes nous emmener sur une vague et nous déposer sur une île introuvable, pour savourer à l'infini la bénédiction d'être enfin réunies.

— Alice, ma douce, comment as-tu fait pour venir ici ?

Elle me sourit, fière.

— J'ai regardé le plan du métro. J'ai collecté de l'argent, j'ai demandé de l'aide, j'en ai reçu sans la demander et je suis arrivée jusqu'à toi.

Ces mots m'arrachent la bouche mais je n'ai d'autres choix.

— Je dois prévenir ta mère.

Ses yeux que notre câlin avait séchés s'humidifient de nouveau.

— Je t'en supplie, je veux rester ici.

— Alice, écoute-moi bien. Je t'aime. Je ne vais pas te laisser tomber. Tu es très intelligente. Tu dois comprendre. Je n'ai pas le droit de te garder ici. Si je fais cela, ta maman peut appeler la police et je peux aller en prison.

— Mais c'est elle, la méchante ! C'est elle qui doit aller en prison !

— Ce n'est pas simple pour ta mère, elle fait ce qu'elle peut.

— Je ne veux pas, je ne veux pas, je ne veux pas retourner chez elle.

Elle s'étrangle dans des sanglots bien plus grands qu'elle.

— Alice, écoute-moi. J'ai un plan. Les guerrières, si elles veulent gagner, doivent savoir affronter les épreuves. Tu n'as pas oublié que tu es une guerrière ?

— J'ai pas envie d'être une guerrière.

— Parce que tu crois que l'on choisit son destin ! Tu crois franchement que Hatchepsout a choisi de devenir pharaon ?

Non, c'était son destin et elle l'a accepté la tête haute. Ton destin, c'est la grandeur. Garde la tête haute. Sois fière. Bats-toi.

— Je me suis battue, je suis venue jusqu'ici comme une grande.

— Tu as gagné une bataille, mais pas la guerre. Tu m'écoutes ? Je vais appeler Valentine. Elle doit être morte d'inquiétude.

— Je m'en fiche complètement !

— Tu vas rentrer chez toi. Et tu vas me faire confiance. Je vais m'occuper de toi. Je te jure que je ne te laisse pas tomber. En attendant, toi tu vas travailler dur à l'école pour être la plus grande des reines que la Terre ait jamais accueillies.

— J'ai pas envie d'être une reine.

— Il n'est pas question d'envie, il est question de destinée.

Chapitre 24

Alice de Richebois

Soyez toujours prêt(e) à répondre à l'appel
de l'enfant qui a besoin de vous, écoutez
et répondez toujours à l'enfant qui a recours à vous.

Maria Montessori

— QUEL est le comble pour un martien jardinier ? Ne pas avoir la main verte.

Mes copains rigolent de bon cœur. La sonnette de la récréation a déjà retenti depuis deux bonnes minutes. Bien sûr que je l'ai entendue, mais c'est si plaisant de rire.

— Attendez, j'en ai une autre : pourquoi Jean s'est endormi la tête dans sa tarte ? Parce qu'il est tombé dans les pommes.

— Alice !

Cette joie sur leur visage me fait un bien fou. Ils se tordent de plaisir, les yeux hilares et les joues rosies. Je crois que nous n'avons jamais autant ri. Nous voyons le maître arriver, mais rien ne m'arrête.

— Alice ! Ça suffit !

— Juste une dernière, écoutez celle-là : pourquoi les tomates sont-elles toujours en colère ? Parce qu'elles voient rouge.

Le bruit de leur gloussement, leurs pépiements joyeux, j'en veux encore, encore un peu.

— Tu arrêtes immédiatement ou tu finis chez la directrice.

— Et celle-ci, vous la connaissez ? C'est deux œufs sur le plat qui se disputent, ça dégénère et ils s'embrouillent.

— Tu as gagné : ce sera punition et bureau de la directrice.

Cédric a l'air très mécontent mais mon corps est encore imbibé de toute cette joie et je lui adresse un large sourire, certaine de parvenir à l'adoucir.

— Cela fait cinq minutes que je te demande d'arrêter ton spectacle. Tu te paies ma tête !

Les derniers grammes de joie quittent mon corps et très vite, de gros sanglots s'échappent de ma gorge. Je regarde Cédric implorant une solution pour contenir ce débordement. Il comprend tout de suite. Il invite tous les élèves à rentrer en classe, à s'installer à leur place et à relire la leçon d'histoire de la veille.

— Vous avez intérêt à rester sages car j'ai des punitions qui attendent, pour ceux que ça intéresse.

Et moi, il me conduit sur un banc de la cour en me prenant par la main. On s'assoit tous les deux mais je ne lâche pas sa grande main velue. Je la serre très fort comme si j'avais peur qu'elle m'échappe, elle aussi.

Cédric, je l'adore. C'est mon maître préféré, et ce sera mon maître préféré toute ma vie. Les travaux avec lui sont de grands jeux durant lesquels on s'amuse comme des fous. L'école devient une grande récréation qui nous fait oublier celle de la cour. Sa voix nous transporte dans l'Histoire par des histoires dont nous voulons tous connaître la suite, tout de suite. Avec Cédric, on chante à tue-tête des textes de Hoshi qui parlent d'amours sincères au nez de la directrice qui fronce tant les sourcils qu'on dirait qu'elle n'en a plus qu'un. Avec lui, on a presque envie de croire que les adultes le sont parfois, sincères.

En ce moment, nous travaillons sur l'époque du Permien. Cédric a préparé des petits papiers. Sur chaque papier est inscrit un être vivant de cette époque très vieille, bien plus vieille que Madeleine, bien qu'elle soit déjà bien périmée, puisqu'il n'y avait pas d'êtres humains sur Terre. Pire, les dinosaures n'étaient même pas encore apparus et avaient encore moins disparu. D'ailleurs, quand on y pense, c'était une époque où quelqu'un aurait pu les prévenir, les dinosaures. Leur dire que ce n'était franchement pas la peine de se donner tant de mal pour faire leur entrée dans le monde du vivant et à prendre des dimensions pas possibles, à s'étendre sur toute la planète, à durer tout ce temps, tout ça pour finir au muséum, en ossements tassés et immobiles. S'ils avaient su, les premiers dinosaures, peut-être qu'ils auraient rebroussé chemin et fait marche arrière sur la route de l'évolution. « N'allons pas par-là les gars, ça ne sert à rien, on va finir fossilisés, c'est sûr. » Ça aurait économisé beaucoup d'énergie au bon Dieu. J'ai expliqué ça un jour au catéchisme, j'ai pris une punition. Pourtant c'est vrai ! C'est quoi, ce soi-disant Seigneur qui crée des êtres monumentaux pour les éradiquer en une fraction de seconde ? Il est aussi stupide et méchant que le petit frère de Lola, qui vient détruire en deux coups de pieds nos créations Kapla qui nous ont pris des heures.

Bref, pas de dinosaures à cette époque. La Terre était peuplée de bestioles et de plantes aux noms et à l'allure bizarre. Trilobite, dimétrodon, brachiopodes, ammonites, fougères, mollusques, échinodermes, scorpions de mer. Mes camarades de classe et moi avons dû tirer un papier au hasard et prendre chacun le rôle de l'animal ou du végétal inscrit sur le papier.

Pendant un trimestre, je n'étais plus Alice, mais un orthocère. J'ai dû m'imprégner de mon rôle en faisant beaucoup de recherches sur ce céphalopode à coquille univalve. J'appris notamment que je mangeais goulûment mon camarade Gustave, scorpion de mer pour l'occasion, qui ne faisait pas long feu à mes côtés, à cette époque déjà. Le pauvre Gustave, pourtant si désireux de trouver les bonnes réponses avant moi, se fait systématiquement écrabouiller par ma connaissance avancée de la table de douze, entre autres. Il n'a qu'à être plus sympa, peut-être que je le laisserais répondre parfois. Et peut-être qu'à l'époque du Permien, je l'aurais moins bouffé. À la guerre comme à la guerre, mon cher Gustave !

Sur ce banc, j'ai envie d'inventer un nouveau métier pour Cédric : teneur de main. Il me tiendrait ainsi la main jusqu'à ce que le chagrin me laisse tranquille.

— Alice, que se passe-t-il ? Pourquoi tu me serres les doigts aussi fort ?

— Parce que j'ai peur.

— De quoi ?

— De ne pas y arriver.

— De ne pas arriver à quoi ?

— À vivre.

Les sanglots reprennent. C'est vrai, à quoi ça rime de vivre si c'est pour se sentir si triste ? À quoi ça rime de mettre sur la Terre des dinosaures si gros pour qu'ils finissent en pièces détachées au musée ? Franchement, Dieu, il est toqué, moi, je ne le comprends pas.

— Mais, que t'est-il arrivé ? Ça ne va pas à la maison ?

— Non.

— Que se passe-t-il ?

— Ma nounou a été « licenciée ». Et mon papa est parti.

— Je comprends. Cela fait beaucoup. Tu te sens très triste, c'est bien cela ?

— Oui. J'ai envie de vivre sous ma couette, mais Maman me force à venir à l'école et à manger des quiches aux légumes.

Il sourit.

— Ta nounou, c'est cette dame qui venait te chercher à l'école, c'est bien elle ?

— Oui.

— Et qui s'occupe de toi maintenant ?

— Un monstre marin qui se fait passer pour une Américaine.

Il rit. Je ris aussi, sans cesser de pleurer.

— Alice, est-ce que tu as besoin que je parle avec tes parents, pour trouver ensemble comment faire pour que cette tristesse s'en aille ?

— Je veux bien.

Chapitre 25

Valentine de Barnay

L'enfant aimant réveille – non seulement le matin – les parents
qui dorment trop longtemps et s'endorment dans leur vie !
Nous avons tous tendance à nous endormir sur les choses,
et il nous faut un être nouveau qui nous réveille et nous garde
éveillés avec les attitudes qui ne sont pas les nôtres,
un être qui agit différemment de nous et chaque matin nous dit :
Regarde, il y a une autre vie, vis mieux !
Maria Montessori

Je n'ai jamais croisé d'homme comme lui. Je reste de longues minutes à l'observer ranger sa salle de classe. Il est beau. Une barbe noire, touffue, des yeux bleus, des muscles bien présents mais modestes, des cheveux un peu fous, un tatouage géométrique dans le cou. Je le suis du regard. Il s'installe en face de moi.

— C'est drôle, tout ce déballage de matériel, lui dis-je.

— Oui, nous utilisons la méthode Montessori.

— Ah oui ? Montessori, c'est très bien pour les maths, ça, n'est-ce pas ?

— Madame de Barnay, je vous ai fait venir car j'observe qu'Alice n'est pas dans son assiette en ce moment.

— Qu'est-ce qui vous fait dire cela ?

— Votre fille perturbe la classe. Elle n'a jamais été très réservée, mais elle est sérieuse, d'habitude. Depuis peu, je la trouve dissipée et je l'ai aussi vue pleurer à plusieurs reprises. Pour être honnête, elle s'est confiée à moi sur la situation familiale qui est délicate actuellement, si je comprends bien.

Je ne réponds rien. Bien sûr que le comportement d'Alice a changé. Mais tout de même, elle n'a pas l'air si mal. Je l'ai vue encore hier rire aux éclats avec ses petits camarades dans le jardin, alors qu'Abigail organisait un jeu de balle. Ils ont même crié d'excitation tout l'après-midi. À la fin de la journée, je ne supportais plus personne, ni eux, ni moi. Oui, elle pleure plus que de coutume, mais c'est une période difficile, nous allons la surmonter. Elle mange moins, c'est certain. Il me semble même qu'elle s'est affinée, mais ça ne l'empêche pas d'être pleine d'énergie. Et c'est vrai, ses notes sont basses. C'est aussi qu'elle doit s'habituer à l'anglais au quotidien.

— Vous avez raison, Alice a un peu changé ces derniers temps. Je vous remercie d'ailleurs. La situation n'est pas simple en effet, mais je fais de mon mieux pour lui épargner trop de peine. Et je la vois continuer de s'amuser avec ses petits camarades. J'entends ses rires, ses jeux. Je ne suis pas sûre qu'il y ait lieu de s'alarmer plus que cela.

— Lisez cela, c'est elle qui l'a écrit.

Notre praire qui êtes au bleu
Que ton oignon soit émincé
Que ta crème prenne
Que ta compotée soit faite

À la bière comme au miel
Donne-nous aujourd'hui
Notre pain de ce jour
Pardonne-nous notre panse
Comme nous pardonnons aussi à ceux qui nous ont empiffrés

Force est de constater que ma fille de neuf ans écrit bien mieux que ce journaliste de *La Sphère* qui a rédigé mon panégyrique.

— Ce poème est très drôle. Je vois que ma fille a elle aussi une conception hétéroclite du bon Dieu. Pardonnez-moi, mais c'est le texte d'une enfant qui va très bien.

— Je suis d'accord avec vous. L'humour de votre fille est saisissant. Très franchement, elle est dotée d'une intelligence que j'ai rarement vue chez une enfant de cet âge. Jamais, à vrai dire. Sauf que ce poème a été écrit il y a six mois. Lisez donc celui-ci.

Notre mère qui est odieuse
Que ton nom soit insulté
Que ton règne saigne
Que ta volonté soit défaite
Sur la Terre comme au fiel
Donne-nous aujourd'hui
Notre pépin de ce jour
Je ne pardonnerai jamais tes offenses
Comme je ne te pardonnerai jamais à toi qui m'a enfantée

Une goutte éclabousse la feuille que je tiens des deux mains. Une autre larme mouille le papier. Une troisième atterrit sur l'encre et déforme les lettres tracées par Alice. Je pose la feuille sur la table qui me sépare du maître. Je presse mes doigts sous mes yeux pour retenir le torrent de larmes qui s'annonce. Je plonge mon regard mouillé dans celui de cet homme. Je ne le vois pas. Je ne vois plus rien. Tout est trouble. Je me fige. Je me vide. De la tête jusqu'aux pieds. Mon corps pèse soudain une tonne. L'air est devenu pâteux. Je peine à respirer. Mes jambes ne répondent plus.

Peut-être est-ce vrai. Peut-être suis-je un monstre ? Serait-ce possible que je sois comme ma mère ? Que je sois encore pire ? Suis-je comme celle qui m'a insultée toute ma vie, qui n'a pas su m'aimer, qui m'a piétinée, qui m'a bousillée ? Alice sait-elle seulement que je l'aime ? Que par amour pour elle, j'ai renoncé à être sa mère ? Les chiens ne font pas de chats. Je ne voulais pas qu'elle ait pour mère une chienne. Je n'ai pourtant pas pu me retenir. Il fallait qu'elle ait mal. Je n'ai pas su faire autrement que de la supplicier. J'ai mal, moi aussi. Toutes ces souffrances, tous ces maux, tous ces chagrins, tous ces supplices depuis toutes ces années. Il me semble que toutes ces blessures se soient unies, pour n'en faire plus qu'une, insupportable. La douleur est si vive qu'elle m'en coupe le souffle.

— Madame de Barnay, est-ce que vous comprenez ?

— Oui.

Il n'a pas crié ni vociféré. Il est resté doux. Il aurait pu m'engueuler et m'humilier. Me dire que j'étais une mauvaise mère, que je devrais avoir honte.

— C'est difficile d'éduquer les enfants, madame de Barnay, je sais. Mais je suis sûre que vous allez vous en sortir et que vous saurez quoi faire.

Chapitre 26

Fatima Ayouch

C'est par la main que se forme l'esprit.
Maria Montessori

JE mets d'abord la semoule dans un grand saladier. Je la fais glisser entre mes phalanges pour sentir sa texture caresser ma paume et entendre le bruissement des grains. Ils filent comme le sable fin d'une belle plage lointaine. Ensuite je verse le gras. Le beurre et l'huile. Je saisis du bout des doigts la pâte, je la passe d'une main à l'autre, je la malaxe, je la mélange, je la pince. Je la laisse reposer pendant plusieurs heures. Avec le même soin, je prépare la pâte d'abricots, celle que préfère Alice. J'y enfonce mes pouces, je l'enroule, je la déroule, je la tords, je la presse, je forme une petite boule puis un fin boudin que je laisse de côté. Je reviens à ma première pâte pour y ajouter de l'eau et de la fleur d'oranger. Mes mains sentent bon le Maroc. De nouveau, je lui laisse une longue trêve pour qu'elle s'élève. Dans ce temps d'épaississement, elle embaume la cuisine tout entière. Je reviens à elle pour l'arroser davantage. Et lui accorde une nouvelle pause. Enfin, je la prends pour un ultime massage. Je la serre. Je la pousse. Je la comprime. Je forme une grosse boule que je divise en pâtons. Je creuse un large sillon dans chaque pâton et j'y insère un rouleau de pâte d'abricot. Je referme ce drôle de hot dog avec beaucoup de précautions. Je roule la préparation jusqu'à obtenir un long boudin. Je peux alors y découper des losanges réguliers. Je plonge ces petits losanges dans de l'huile de friture. Trouver la bonne température est essentiel. Je les sors au bout de quelques minutes pour qu'ils prennent un bain de miel et de fleurs d'oranger. Les petits losanges pétris de tendresse atterrissent enfin dans un plat.

Ma mère ne m'a pas appris cette recette. Je l'ai apprise seule, à la regarder des heures et des heures, la voir faire et refaire. Elle n'a jamais voulu partager ce savoir alors je lui ai volé. « Va plutôt étudier, Fatima ! » me disait-elle tout le temps. C'était ma façon à moi d'étudier.

J'ai trouvé des petites boîtes parfaites. Je prends délicatement les makrouts fraîchement cuisinés. Je les dispose religieusement dans la boîte en carton. Je peux en mettre quinze sans problème. Je referme la boîte avec un petit morceau de Scotch. Je mets la boîte dans du papier de soie. C'est plus joli ainsi. J'emballe cette offrande dans du papier à bulles. Je place le tout dans un carton que je ferme vigoureusement. J'ai déjà préparé l'étiquette avec l'adresse. Une heure plus tard se présente le livreur. J'aime imaginer le sourire d'Alice quand elle défait le Scotch, qu'elle ouvre le carton, et que s'engouffre dans ses narines l'odeur de mon amour. J'oublie alors que ce service de livraison n'est pas dans mes moyens. Je confie le carton au coursier. Il sait que c'est fragile, je lui ai déjà répété à de nombreuses reprises.

Chapitre 27

Valentine de Barnay

N'ayez pas peur de détruire le mal.
Il n'y a que le bien que nous devons craindre de détruire.
Maria Montessori

J'AI un mal de tête horrible. Il semblerait que quelqu'un s'évertue à mettre gaiement des coups de burin sur mon nerf optique. J'ai envie de cogner ma tête contre le mur. Si seulement cela me garantissait d'anéantir le vilain diable qui a pris résidence dans mon cerveau et qui me fait vivre un véritable calvaire ce matin.

Je suis affalée dans ce canapé clair du salon qui ressemble à un cumulus raté. Sauf que loin d'être au firmament, je suis descendue dans les tréfonds de l'enfer. J'attends que les médicaments que j'ai pris fassent enfin effet. La sonnette retentit. Je n'avais jamais remarqué qu'elle faisait un tel boucan. Mais qui sonne chez les gens à dix heures du matin ?

— C'est pour Alice de Richebois, comme d'habitude.

Le livreur me remet un petit carton emballé avec soin sur lequel est écrit à la main « Fragile ».

— Maman, c'est pour moi.

— Mais qu'est-ce que c'est ?

— Des gâteaux que m'envoie Fatima de temps en temps.

— Des gâteaux ?

— Oui, des makrouts.

J'ai envie de répondre « Ces horreurs trop sucrées ? » mais je me retiens. Alice a perdu du poids, quelques sucreries ne lui feront pas de mal. C'est terrible, même sans être présente, cette Fatima parvient à faire toujours mieux que moi.

— Tu me les donnes, s'il te plaît ?

Elle prend le carton et remonte aussitôt dans sa chambre. Je n'ai pas le courage de discuter de ces gâteaux qui dégoulinent de miel.

Je retourne m'allonger. Ma tête me fait mal. Je souffre le martyre. Ouvrir les yeux est douloureux, les fermer aussi, les laisser entrouverts n'est guère mieux. Sans doute un nouveau tour de ce bougre de Tout-Puissant qui m'avait jusqu'à présent donné une santé de fer. Il s'est dit qu'en plus d'être humiliée, sanctionnée, divorcée, j'allais devenir migraineuse. J'attends vraiment la suite des aventures avec impatience. Que me réserve cette journée ? Le toit de la maison qui s'effondre ? Un tremblement de terre en plein Paris ? Une attaque terroriste dans ma cave ? Une maladie incurable ? Ah non ! le bougre a trouvé l'emmerde ultime : ma mère.

Elle sonne d'abord normalement. Je regarde discrètement par la fenêtre. Quand je vois que c'est elle, je prends le parti de faire la morte. Je n'en suis pas si loin après tout. Mais elle insiste pendant des secondes qui me semblent durer des heures. La sonnerie bat tous les records de vacarme et je me demande si mon cerveau ne va pas finir par sortir de mes orbites. Je ne sais pas si c'est physiquement possible mais il me semble que mon corps est sur le point d'accomplir cette prouesse. Peut-être ma mère va-t-elle réussir à me tuer avec ce ramdam. Ce serait un soulagement. Que ma tête explose qu'on en finisse une bonne fois pour toutes. Mais non, la seule chose qui explose à cet instant est la voix de ma mère derrière la porte.

— Je sais que vous êtes là, Valentine, j'ai vu Alice derrière le rideau, ouvrez-moi, bon sang !

Je m'arrache de nouveau à mon repos pour lui ouvrir.

Tandis que la porte claque derrière elle, sa bouche s'ouvre grand devant elle. Je ferme les yeux plusieurs secondes et je prie ce guignol de Dieu pour qu'elle ait disparu quand je les rouvre. Je zieute discrètement. Elle se tient toujours devant moi, réprobatrice, les poings sur les hanches, impeccable. Évidemment, c'était trop demander à mon facétieux Seigneur.

C'est parti pour une longue diatribe. Ma tête, dorénavant sépulcre de feu mon cerveau, assimile avec difficulté le flot de fiel que ma mère déverse à grandes eaux sur moi. Seuls des mots-clés parviennent à ma conscience. À huit ans comme à quarante-huit, ce sont toujours les mêmes qui s'engouffrent dans mon cœur pour tout dézinguer. « C'est la honte », « mon nom de famille », « la plus nulle », « c'est indigne », « tu n'es qu'une idiote », « une imbécile », « tu ne vaux rien », « j'aurais dû t'abandonner ».

Je me retrouve comme la petite fille que j'étais, qui a cinq ans ne savait toujours pas parfaitement lire. Ou qui, à sept ans, avait volé la poupée de sa camarade. Et comme la fillette que je fus à neuf ans et qui avait tenu tête à cette maîtresse complètement sotte. Ou encore qui, à douze ans, s'était autorisé un petit bisou sur la bouche de ce beau garçon qui lui tendait ses lèvres charnues et roses. À chaque fois, subir les injures et comprendre que je ne suis rien, que je n'ai jamais rien été et que je ne serai jamais rien.

Cette fois, je ne suis plus le seul rejeton concerné. Alice en prend aussi pour son grade : « cette insolente », « elle te mène par le bout du nez », « une petite peste », « élevée par une Arabe », « elle finira grosse ».

Il semblerait que le cachet lève les voiles de la migraine et me rende enfin mes moyens. Ou alors est-ce le fait qu'elle s'en prenne à Alice qui me pique au vif ? Son discours ininterrompu me parvient plus clairement.

— Te rends-tu compte, Valentine ? Mon nom dans la presse ! Tu n'as pas su élever ta fille qui est une ratée, déjà à neuf ans. Et tu fais les gros titres pour toute ton incompétence et ta nullité. C'est une catastrophe pour moi d'être ta mère, que vont penser les voisins ? J'ai honte que tu portes mon nom. Je te suggère de demander à Pierre de pouvoir porter le sien, même si vous allez divorcer. Et cette Alice, quelle enfant insupportable ! Forcément, une Arabe comme nounou. Je te l'avais bien dit qu'elle ne saurait pas l'éduquer.

Je me relève et je souris, soulagée que ma tête ne soit plus douloureuse. Un éclair de vérité éclate au-dessus de ma tête. Comment n'y ai-je pas pensé avant ? Je plane. Comme si une drogue s'était emparée de mon être. Une tension durcit mes muscles. Je suis un chacal prêt à bondir. J'éprouve le feulement du tigre. Dans mon être vibre tout un essaim de guêpes prêtes à mourir au combat. Peut-être qu'il existe vraiment un dieu retors, peu soucieux du sort des âmes qui lui sont confiées. Rien n'est moins sûr, mais cette explication donnerait un peu de consistance à l'absurdité de ma vie. En revanche, j'ai la certitude que le mal existe. Que ce monde abrite bien la crasse, la méchanceté, la noirceur, le mal. Pour le bon Dieu, j'ai un doute. Pour le bon Diable, j'ai ma mère.

Est-ce cette sonnerie dont l'écho continue de ricocher sur les parois de mes neurones ? Est-ce l'offense faite à ma fille ?

Ou est-ce juste le bon moment ? Toujours est-il que je me lève d'un bond et que je saisis mon téléphone pour commander un taxi. Le démon continue de lâcher ses torpilles dans des phrases sans début, sans fin, en boucle infinie. Je n'ai pas envie de lui accorder un seul regard. La seule chose qui m'importe est ce taxi, représenté par cette petite voiture qui avance sur l'application de mon smartphone, et dont j'observe attentivement le parcours jusqu'à chez moi. Elle progresse de rue en rue. Je la devine arrêtée au feu rouge. Je la vois prendre une avenue. Elle s'arrête, peut-être à un stop. Enfin elle s'engage dans ma rue. C'est alors que je saisis la bête hurlante par le bras. Elle braille. Elle ne s'y attendait pas. Elle gesticule si bien que je suis obligée de resserrer un peu plus mon étreinte. Mes doigts encerclent avec force son bras maigre. S'ils pouvaient pulvériser ses os, ils le feraient volontiers. Elle proteste. Elle vocifère. Elle gueule. Elle tente de se dégager. Elle essaie de retirer ma main. Elle se plaint que je lui fais mal. J'ouvre la porte d'entrée. Je la force à dégringoler les quelques marches de mon perron sans relâcher la pression de ma main autour d'elle. J'ouvre la porte du portail. Le taxi est juste là. J'ouvre la porte de la voiture et je la jette de toutes mes forces sur le siège. Elle ne bouge plus. Elle ne crie plus. Elle ne respire peut-être plus. Elle me regarde, les yeux écarquillés, les iris dilatés. Je lis l'épouvante dans ses billes noires. Je me délecte quelques secondes de ce regard minable. Et je claque la porte. Je m'adresse au chauffeur :

— Emmenez-là où vous voulez, le plus loin possible, et ne revenez jamais.

Alice est sur le perron, un sourire surpris illumine son visage.

Chapitre 28

Alice de Richebois

Faire ce qui est juste nous libère.
Maria Montessori

Il arrive plein d'énergie, tout souriant, dépose ses affaires comme s'il vivait encore ici, et s'installe à table prêt à être servi. Papa mange avec nous ce midi. Moi, je trouve que c'est méchant de venir déjeuner le samedi. Un repas coincé entre mes devoirs et le sport de Maman. Deux petites heures concédées parce qu'il n'y avait rien de mieux à faire. Avec les gens qu'on aime, on dîne le samedi ou on déjeune le dimanche. Cette inversion révèle toute notre insignifiance.

Il sent bon. Ses cheveux sont bien coiffés sur le côté. Il porte une chemise dont seul le col dépasse de son pull lisse et beige.

Papa met la fourchette dans sa bouche et affiche aussitôt un air dégoûté.

— C'est immangeable, Valentine ! Qu'est-ce que tu es encore allée préparer ? Tu ne pouvais pas passer chez le traiteur, franchement ?

— Mais Papa, c'est moi qui ai préparé cette omelette. C'est une recette de mon livre. C'est pas sympa de dire que c'est pas bon.

Ses yeux s'écarquillent de regret.

— Ma chérie, je suis affreusement désolé. C'est super que tu cuisines pour moi, merci beaucoup, beaucoup, beaucoup.

Il me serre dans ses bras, mais ça m'ennuie.

— Enfin, zut, Valentine tu aurais pu vérifier quand même !

— C'est moi qui ai demandé à Maman de cuisiner toute seule.

— Eh bien, Maman n'aurait pas dû dire oui.

Maman ne dit ni oui ni non. Elle ne dit rien. Elle ne mange pas. Elle ne bouge pas. Elle est assise avec nous, le visage tranquille des personnages de cire du musée Grévin. Effrayante de réalisme. Elle semble ailleurs pour éviter d'être là. Le repas n'a pas l'air d'être si dégoutant puisque Papa termine son assiette et se lève pour se resservir. Je mange aussi avec joie l'omelette trop salée, heureuse de me repaître de ce goût de démesure. Maman se tait. Papa parle tout seul. Des phrases sortent de sa bouche. Elles me semblent bêtes, décousues, inutiles.

Il pose des questions qui n'attendent aucune réponse. « Ça doit aller, les maths ? » « Alors tu parles anglais ? » « Je t'ai dit que tu allais avoir un frère ? Je ne sais plus » « Quand viens-tu au golf ? Tu verras, on a fait des travaux dingues » « Elle est sympa, ta maîtresse, alors ? » « Ah oui, c'est un monsieur maintenant, c'est pas trop bizarre, un homme comme maîtresse ? ». Il saisit un dessert dans le réfrigérateur sans nous en proposer. Maman n'a toujours pas quitté sa quiétude de cire. Il ouvre la boîte de makrouts déposée là, se sert et dévore goulûment le gâteau. Je suis en colère. J'ai hâte qu'il parte. Il boit un café, dépose un bisou sur ma joue, baragouine quelque chose sur sa prochaine visite et s'en va, enfin.

Maman prend une grande respiration, longue et bruyante, comme si elle s'autorisait enfin à reprendre vie. Je m'installe sur ses genoux, mes bras autour de son cou et ma tête sur son épaule.

Chapitre 29

Alice de Richebois

L'éducation donne le sentiment exaltant
de pouvoir vraiment améliorer et sauver l'humanité.
Maria Montessori

Je crois que ma mère est devenue folle. J'adore. Elle entre dans ma chambre ce matin et elle me dit :

— Allez Alice, on a un week-end de trois jours devant nous, aide-moi à faire les valises, on s'en va.

— On va où ?

— Surprise ! Tu verras !

— Et Abigail ?

— Elle reste ici.

La voiture avale les kilomètres. On écoute *Ta marinière* de Hoshi peut-être dix-huit fois, si bien qu'à la fin on arrive à brailler ensemble le refrain sans trop l'écorcher. C'est quand même pas facile de se souvenir de tous les mots alors on se trompe parfois. Je me dis que cette chanson, elle nous va bien à Maman et moi. Nous deux, c'est pire que la mer à boire. Maman, découvre-toi de tous tes fils, tu rendras amoureux ton têtard.

On s'arrête dans un restaurant sur l'autoroute. On prend une entrée, un plat avec des frites et un dessert avec plein de chantilly. J'ai même le droit de prendre un jus d'orange. Maman se sent mal après avoir mangé autant, alors on se met sur les banquettes à l'arrière de la voiture pour se reposer un peu. Elle me demande de lui raconter l'école, mes copines, les matières que je préfère. Je lui raconte que je suis un féroce orthocère pour cet imbécile de Gustave. On rit. Je lui demande si je peux m'allonger un peu sur ses genoux et je m'endors pendant qu'elle caresse mes cheveux. J'adore qu'on me caresse les cheveux.

Nous sommes arrivées à Saint-Malo. Il pleut toute la matinée et vu l'épaisseur des nuages au-dessus de nos têtes, le ciel va nous larmoyer dessus encore un bout de temps. Je suis quand même contente d'être avec Maman. On fait des tas de jeux de société. On fait de longues parties de Monopoly. J'en ai gagné plusieurs. On se baigne dans la piscine même s'il fait un froid de canard, sous la pluie. Au bout de quinze minutes, je suis frigorifiée. On s'enveloppe dans de grandes serviettes et Maman me fait couler un bain chaud. J'ai beaucoup de temps pour lire, aussi. J'ai emporté plusieurs tomes d'un roman BD passionnant qui raconte l'histoire d'une petite fille qui vit dans une cabane avec de nombreux étages. À tous les étages se trouvent des activités incroyables, comme des piscines remplies de piranhas ou des stands de barbe à papa multicolore. Cette fille écrit un livre pour raconter sa vie fascinante.

J'enchaîne les tomes sans m'en rendre compte, entraînée par les pages qui se tournent sous mes doigts. Je ne sais plus trop si nous sommes samedi ou lundi. Ces journées avec Maman ont gribouillé le temps. Il ne s'écoule plus régulièrement, avec ses heures fixes, ses taquets, qu'on connaît et qu'on attend. Le matin, le petit-déjeuner, puis l'école, la cantine, l'école, le goûter, et le soir les activités. Puis les devoirs, le bain, le dîner, les dents, une histoire à écouter et au lit. Depuis quelques jours, les journées sont brouillonnes et il n'y a plus de rythme. Je lis au lit en me réveillant de la sieste, puis nous petit-déjeunons alors qu'il est l'heure de dîner. Nous déjeunons alors qu'il faudrait goûter. Nous faisons aussi l'inverse.

Maman a acheté des sachets de bonbons acidulés qu'elle ingurgite du matin au soir. Parfois nous organisons le concours de la langue la plus bleue. Nous gobons le bonbon, nous le suçons pendant trois minutes chrono puis nous tirons la langue devant la glace. Je gagne à chaque fois. Nous prenons des photos pour vérifier les résultats. Elles sont drôles, ces photos.

Ma mère mange beaucoup. Je ne l'ai jamais vue si gourmande. C'est comme si son corps avait soudainement accès au goût. Il lui faut découvrir plein de choses. Elle enchaîne des pâtisseries débordantes de crèmes et je la vois lécher ses doigts en ronronnant d'aise. Elle grignote des biscuits, elle engloutit des yaourts, elle croque dans des pommes, elle lèche des glaces, elle avale des brioches. Elle est constamment en train de manger, si bien qu'en la voyant faire, je n'ai plus faim. Arrive un moment où elle n'a même plus l'air très contente de manger autant.

— Tu veux que je t'apprenne un super pouvoir, Maman ?

— Oh oui, chouette ! Vas-y !

— C'est le pouvoir de la méditation.

— Ah oui ?

— Oui, tous les jours, il faut méditer un peu.

— Pour quoi faire ?

— Quand tu médites tous les jours, une petite graine se forme dans ta tête. Au début elle est minuscule, rikiki. Pendant longtemps elle reste microscopique. Si chaque jour tu l'arroses avec de jolies pensées et le va-et-vient de ton souffle, alors elle grossit, grossit, grossit.

— Et ta tête fait boom ?

— Non, pas du tout. La petite graine se transforme en une bulle tranquille, toute douce, qui sent bon la vanille. Quand tu es stressée par un contrôle ou qu'une copine t'a dit une chose méchante, tu peux aller dans ta bulle sentir la bonne odeur de vanille et te reposer un peu.

— C'est sympa, je veux bien mettre une petite graine dans ma tête. Comment on fait ça ?

— Je ne l'ai jamais fait avant, mais je veux bien faire pour toi la voix qui fait méditer les gens.

Les yeux de Maman brillent. Elle est belle quand ses yeux brillent.

— Faisons ça, alors. Dis-moi ce que je dois faire.

— Alors tu t'assois, le dos bien droit, les pieds bien à plat.

— Comme ça ?

— Oui, voilà. Tes mains, tu peux les poser sur tes cuisses et tu écoutes tout ce que je te dis, d'accord ?

— C'est parti. Tu fermes les yeux. Nous allons commencer par prendre trois grandes inspirations. Et à chaque respiration, tu vas faire attention à l'air qui entre dans tes narines et traverse ta gorge. Tu sens que ton ventre se gonfle et se dégonfle. Tu gardes les yeux fermés pendant tout le temps où je parle. Tu sens l'air frais qui entre dans ton nez, l'air tiède qui sort de ton nez. Puis tu laisses ta respiration redevenir normale, sans la forcer.

Je regarde Maman respirer. Ses cheveux sont tout décoiffés, c'est rare de la voir mal coiffée. Elle a mis un jogging rouge et un pull vert, il faudra que je lui dise que ça ne va pas bien ensemble.

— Tu sens tes pieds bien posés sur le sol. Tu es solide sur tes pieds. Tu sens tes fesses bien posées sur la chaise. Tu observes ta respiration. L'air entre et l'air sort. Des pensées viennent t'embêter, c'est normal, c'est comme ça pour tout le monde. Même pour ceux qui ont une grosse graine dans la tête. Dans ce cas, tu retournes à ta respiration, l'air qui entre dans ton nez et qui sort.

Elle sourit, mais ses yeux restent fermés.

— Tu inspires et tu sens que tu inspires. Tu expires et tu sens que tu expires. Encore. Encore. Encore. À chaque respiration, tu observes l'air qui entre et qui sort.

Je me tais un peu. C'est comme ça que fait la voix de la méditation. Des fois elle se tait quelques secondes pour voir si on se fait avoir par nos pensées. Moi, mes pensées, ce sont comme des papillons. Elles tournoient autour de moi. Alors je les attrape entre mes mains, et quand elles sont bien captives, j'ouvre mes mains et elles s'envolent au loin.

— Les pensées viennent, partent, reviennent. Elles sont embêtantes, des fois. Peut-être que tu penses à ce que nous avons fait hier, ou à ton ventre bien rempli de bonbons, ou à demain. Qu'importe, on s'en moque, les pensées viennent toujours voir les humains. Tu les laisses partir et tu reviens à ton souffle. Tu reviens toujours à ton souffle.

Je me tais de nouveau encore un peu. Le visage de Maman est tout lisse.

— Maintenant, tu peux penser à un endroit que tu aimes. Un endroit que tu connais, ou que tu ne connais pas, on s'en fiche. Un endroit cool, où tu te sens bien. Tu essaies de voir comment il est, quelles sont les couleurs, ce qu'on y trouve, et tu te mets à cet endroit. Tu t'installes là, dans ton endroit préféré. Et tu respires, dans cet espace que tu aimes bien.

Je crois qu'elle commence déjà à en avoir marre. Elle remue sur sa chaise. Elle se racle la gorge. Mais elle garde les yeux fermés.

— Allez, Maman, on essaie de ne pas trop bouger et de bien suivre son souffle dans cet espace que tu as choisi. Tu inspires et tu sens que tu expires, tu expires et tu sens que tu expires. Tu suis ton souffle qui entre dans ton nez et sort de ton nez.

Je me tais plusieurs secondes. J'en ai marre de faire la voix de la méditation et je réfléchis à une fin amusante. Maman ne bouge plus. Je vois juste les vagues de sa respiration aller et venir. C'est rigolo de pouvoir l'observer comme ça, sans qu'elle puisse me voir. Je me perds dans sa contemplation. Soudain, une fossette apparaît sur son menton et ses paupières fermées laissent s'échapper des larmes. De grosses gouttes éclatent sur son pull vert. Quelques-unes au début, et de plus en plus.

— Maman, ça va ?

Elle ne répond pas. Elle garde la même posture droite, les pieds au sol, les mains sur les cuisses. Elle ne bouge pas d'un cil. Elle a juste cette nouvelle fossette. Sa respiration lève son buste. Des larmes dévalent sur son visage. Je m'approche d'elle et me colle contre son corps. Elle me prend dans ses bras. Elle enveloppe très fort ma tête contre son torse. Elle sent bon. C'est chaud dans ses bras. Elle me sert si fort qu'elle me fait presque mal. Moi aussi je la serre. Je sens ses larmes tièdes tomber sur mes joues. Je regarde par la fenêtre. Des cordes de pluie nettoient le trottoir. Des cordes de larmes nettoient notre histoire.

J'ai un peu la nausée en me levant ce matin et je suis contente que le soleil se soit décidé à nous rejoindre. Il se réveille un peu tard. Ma mère a dit que nous rentrons demain, que je dois retourner à l'école. Ça me va, Lola me manque. Nous sommes à une terrasse de café. Ma mère est silencieuse, les jambes allongées devant elle, affalée sur sa chaise, la tête tendue vers le ciel comme un tournesol qui prend sa douche de soleil. Il y a deux touristes et nous. Ils sont beaux, ils ont l'air amoureux. Le monsieur écrit des cartes postales. Il s'interrompt en parlant très fort. La dame rigole. Il lui raconte des blagues et j'ai envie de rire avec elle, mais je n'y arrive pas. Mon rire est bloqué dans ma gorge par un petit je ne sais quoi. Le soleil de mars caresse mes cheveux, je me sens doucement tiède. Je pense à Fatima.

— Maman, je peux écrire une carte postale à Fatima ?

Elle retire ses lunettes de soleil. Le tournesol s'affaisse. Elle me dévisage. Elle ne s'y attendait pas. Ses yeux brillent.

— Oui, d'accord, pourquoi pas.

Chapitre 30

Fatima Ayouch

Une manière de mesurer la pertinence d'un modèle éducatif est le niveau de bonheur d'un enfant.
Maria Montessori

Il ne faut pas qu'elles viennent ici. Il ne faut pas qu'elles viennent ici. Il ne faut pas qu'elles viennent ici. Il ne faut pas qu'elles viennent ici. Mon cerveau est un disque rayé bloqué sur cette rengaine. Valentine m'a appelée hier. Alice a demandé à me voir. Valentine a dit d'accord. Elle m'a demandé si je voulais bien les recevoir, sans aucune allusion à toute la situation. Qu'aurais-je pu répondre à part « Oui, bien sûr » ? Je n'ai pas de nouvelles d'Alice depuis sept semaines, trois jours, et quatre heures. Chaque minute qui m'éloigne de son visage est une cloque purulente sur mon âme. Encore quelques semaines et je finissais damnée. J'ai bien proposé de me déplacer jusqu'à chez elles, mais Alice tenait à venir me rendre visite chez moi. Quelle enfant !

— Si cela ne vous ennuie pas, j'aimerais beaucoup rester avec Alice chez vous.

— Non, pas du tout, bien sûr, avec plaisir.

Il reste trois heures et pour bien faire il me faudrait repeindre le bâtiment, fleurir le parc, nettoyer la cage d'escalier, parfumer l'ascenseur, réparer l'interrupteur et rhabiller tous les jeunes qui zonent en bas. Mais c'est impossible. Je suis embarrassée de les accueillir ici, dans cette ville de misère, dans ce quartier qui crie famine, dans cet immeuble qui pue la pauvreté et dans mon appartement aux couleurs poussiéreuses. J'ai honte de la classe moyenne à laquelle j'appartiens. Personne n'est fier d'avoir la moyenne, si classe soit-elle. Ce n'est pas désespéré, ce n'est pas zéro, mais c'est médiocre.

Puis je me sens coupable d'avoir honte. Ces pensées me rendent indigne des habitants de cette cité. C'est une honte ignominieuse que je voudrais chasser. J'ai beau la rejeter, elle revient m'attaquer.

Il ne faut pas se laisser abattre car j'ai du travail pour bien faire. Je n'ai pas assez de temps pour travestir ma condition mais j'en ai assez pour leur préparer un goûter mémorable. Alors je me concentre sur cette tâche comme si seuls les gâteaux pouvaient sauver la face. La vaisselle tinte, la friteuse frit, le four cuit, la poêle rissole. Je m'agite, je vais, je viens, je saisis, je fouette, je pétris, je coupe, je goûte, j'ajuste. La pièce est chaude. Elle a dû prendre trois ou quatre degrés. Je sens les gouttes de sueur perler dans mon dos et sur mes tempes. J'ouvre la fenêtre et je respire un grand coup. En un temps record, je prépare baklawas, sellous, chebakias, cornes de gazelle et makrouts comme s'il fallait remplir de gâteaux ces semaines d'absence. Je les dispose avec précaution dans un grand plat en argent ourlé de petites vagues.

Je porte ces mets comme un trophée jusqu'à la table basse. Je repasse trois serviettes de table et je les plie délicatement. Je choisis les assiettes, les cuillères, les tasses et les verres les plus jolis de ma vaisselle. Je les place autour du plat de gâteaux. J'ai acheté au marché de belles roses pâles. Elles se pavanent au milieu du goûter.

J'arrange la maison du mieux que je peux. Je range le menu bazar que la vie peut faire. Je replace les bibelots sur les meubles. Je vérifie que les cadres sont bien droits et je dispose harmonieusement les coussins sur le canapé. J'allume une bougie parfumée et quelques lampes même s'il fait encore jour.

Je crois que tout est prêt et moi avec. Il ne reste plus qu'à patienter. Je m'installe sur une chaise et j'attends, le dos droit, les genoux serrés, la gorge nouée. Je vérifie l'heure. Elles doivent arriver dans treize minutes. Le temps s'égrène, seconde après seconde. Il ne m'a jamais paru si long. J'entends les enfants jouer en bas et je les somme dans ma tête de bien se comporter. Des mamans rient de bon cœur. C'est bien, je vois en pensée leurs sourires chaleureux. Elles feront bonne impression.

J'entends les engrenages de l'ascenseur. Ce serait déjà elles ? L'ascenseur s'arrête à mon étage. On sonne à la porte. Une vague de chaleur enflamme mon visage. Des tremblements s'emparent de tout mon être. Ce serait vraiment idiot de faire un malaise maintenant. Je prends une grande respiration. Je souris de toutes mes dents, et je vais ouvrir au bonheur.

Alice, radieuse, se tient à la porte. Un énorme bouquet entoure son visage d'ange. Valentine patiente à côté d'elle. Ce visage souriant me paraît presque inconnu. Nous passons plusieurs secondes à nous observer, incrédules.

— Entrez, je vous en prie, ne restez pas là.

Alice pose le bouquet au hasard, m'entoure la taille de ses bras et enfouit sa tête dans mon flanc. « Ma Fatima chérie. » Je ris pour ne pas pleurer. Valentine rit aussi. C'est étonnant. Le temps s'est arrêté. La Terre ne tourne plus.

Chapitre 31

Alice de Richebois

Je suis malade. Je me vide. J'ai mal. Je vomis. Et plus je vomis, plus je suis écœurée. Le dégoût appelle la nausée, et la nausée soulève le cœur. Je me rallonge sur mon lit, épuisée par ces efforts que mon corps me réclame.

D'où je suis, je peux voir le ciel bleu, et le pèlerinage céleste des cotons de nuages. Ils ont l'air si tranquilles dans les airs à parcourir le monde sans effort, poussés par les vents tièdes de l'été. Je voudrais être ces nuages. J'aimerais être légère, aérienne et moi aussi partir en voyage au gré des souffles de la Terre. Je souhaiterais pouvoir valser au milieu des tornades et me déliter dans le mistral de juillet. Que cessent enfin ces nausées.

Il faut que j'arrive à me lever pour rejoindre tout le monde, je sais qu'on m'attend pour déjeuner. Fatima est venue en vacances avec nous avec sa petite protégée, Christelle, qui va entrer à Sciences Po à la rentrée. Ma mère les a toutes les deux invitées. Elles se sont acharnées à travailler cette année pour présenter son dossier. Fatima est fière de raconter à qui veut bien l'entendre que « la petite » n'est pas passée par la voie des étudiants issus des banlieues difficiles, mais bien par le cursus traditionnel. Que son intégration, elle la doit à son labeur et non à des faveurs.

Parfois, je me dis que Fatima n'a pas eu d'enfants, et heureusement ! Si elle avait eu des enfants, elle aurait fait tant d'orphelins. Si elle avait eu des enfants, aurait-elle travaillé chez nous ? Aurait-elle découvert cet autre monde ? Aurait-elle eu l'idée de tirer vers le haut ces enfants qui piétinaient tout en bas, ignorant tout de cette possible ascension ? Aurait-elle su protéger de la violence les filles de son quartier et affirmer haut et fort leurs droits ? Aurait-elle raconté cette autre histoire de la banlieue fière et battante ? Elle n'a pas engendré, mais elle a engendré tellement plus.

Et surtout, si elle avait eu des enfants, aurait-elle été là pour moi ? Que serais-je devenue sans ma Fatima chérie ? Bien sûr, j'aime ma mère. Et Fatima, je l'aime comme une maman. Et il faut le dire, une maman peut être aussi exaspérante qu'une mère. Faut-il porter la vie dans sa chair pour être mère ? Nourrir, soigner, éduquer, cajoler, égayer, aimer un enfant, jour après jour, année après année, sans discontinuer, voilà ce qu'est être parent. Peu importe le gros ventre et le cordon ombilical, ce qui fait grandir un enfant, c'est tout ce qui vient après. Et on n'est pas trop de deux pour hisser un petit humain jusqu'aux sommets de ce qu'il peut être.

Quand j'ai eu mon baccalauréat scientifique avec mention très bien, Maman a souri, Fatima a poussé des cris de joie. Quand j'ai annoncé que je ferai du théâtre, Fatima m'a fusillée, Maman m'a encouragée. Quand j'ai annoncé que je préférais les filles, Maman a haussé les épaules, Fatima a levé les yeux au ciel. Quand j'ai présenté mon amoureuse, Maman a fait la conversation, Fatima s'est tue. Quand j'ai joué mes premiers rôles, Maman m'a applaudie, Fatima m'a acclamée. Quand elles m'ont vue sur les affiches dans le métro, Maman a rigolé, Fatima a pleuré. Et puis toutes les deux, elles ont toléré cet ersatz de papa, ce père versatile, ce parent dilettante. Je n'en veux plus à mon père de cet amour en pointillés. Il aurait voulu proposer une meilleure interprétation de cette comédie, mais personne ne lui a donné le manuel et le pauvre manque cruellement de talent. Il joue la grande pièce de la vie comme s'il lui manquait les didascalies. L'amour de mon père, c'est comme du Shakespeare joué à une kermesse de fin d'année. C'est dissonant, mais attendrissant. Je fais avec car je sais bien que je ne peux pas avoir mieux.

Je me passe de l'eau fraîche sur le visage. Je regarde ma tête dans le miroir. J'ai une sale mine. Je mets de la crème qui sent la vanille. Je me coiffe. Je mets un peu de rouge à lèvres. Je souris à mon reflet. Je suis pas mal, malgré tout. Allez, il faut que j'y aille. Je n'en ai pas envie du tout mais je sais que manger me fera du bien. Je descends les marches de la maison de vacances. Une demeure aussi princière que toutes celles que j'ai connues, en plus pastel. Des cadres printaniers décorent les murs polychromes. Dans cette villa, même quand il fait gris dehors, il fait toujours beau dedans. Tout paraît plus détendu ici. Même les meubles sont moins snobs. C'est grand, c'est élégant, mais c'est accueillant. De grands sourires saluent mon arrivée à table. Je délivre enfin les convives de leur faim.

— Ah ! Alice, tu es là ! Passons à table, je suis affamée.

Il fait chaud, de ces chaleurs d'été idéales. Qui donnent aux vacances cette juste atmosphère. Les teints sont hâlés, les tissus sont légers. Ma mère est devenue plus belle en vieillissant, comme si les années avaient adouci son visage. Elle est tout de même toujours aussi soignée, coiffée et maquillée. Pas un cheveu gris ne trahit son âge. Va-t-elle un jour s'abandonner au temps ? Fatima s'est arrondie. Avec ses cheveux gris mal coiffés et ses joues potelées, elle ressemble à ces mamies qui semblent avoir toujours été des mamies. Ce rôle lui ira bien.

Tous ensemble, je trouve que l'on ressemble à ces films français qui finissent sur une note ensoleillée, loin des tourments du passé, oubliés, enterrés. Ma Julie discute avec ma mère, sûre d'elle, resplendissante. Ses cheveux noirs bouclés, coupés courts, ceignent son long visage clair et ses deux yeux en amandes vertes. Sa bouche charnue et rose donne envie d'y goûter. Julie est d'une beauté parfaite.

Je sais exactement quand j'ai su que je préférais les filles. Je crus bon pendant plusieurs années de suivre le programme que la nature avait prévu pour la plupart. J'essayais les garçons mais aucun ne m'allait. C'était comme forcer un Écossais à porter le kimono ou obliger un Japonais à enfiler un kilt. Sans doute m'y serais-je faite, mais je n'aurais jamais été complètement à mon aise. Et puis un jour une fille, sans que j'y prenne garde, m'emmena, nue, visiter de nouvelles contrées. Et alors je sus que ce pays était le mien.

Julie aussi est actrice. Bien plus connue que moi. Elle, elle joue au cinéma. Je crois que cette renommée a quelque peu gommé notre originalité. Si Maman et Fatima sont finalement assez vite passées à autre chose, Papa eut un peu plus de mal. J'ai mis des mois à pouvoir lui annoncer. Lui, si attaché aux traditions, aux qu'en-dira-t-on, et aux opinions. Sans surprise, il rejeta d'abord ce qu'il considérait être un caprice de plus, destiné à « emmerder ta mère ». Mais les années passèrent et Julie resta. Alors il capitula.

Julie me regarde, amusée. Depuis quelques semaines, notre union, déjà forte, s'est encore resserrée. À part elle, je n'ai jamais rien vu de plus joli que notre histoire d'amour.

J'attends que les conversations baissent, que ce soit le bon moment.

— Julie et moi, on aimerait vous dire quelque chose.

Le silence s'installe à la table. Les sourires impatients me dévisagent.

Je me mords la lèvre. Je me racle la gorge. J'attrape la main de Julie.

— Julie et moi, on va devenir mamans.

Comment vous exprimer ce que je ressens ? En vivant ces mois ensemble, nous avons toujours mieux pris conscience de ce lien qui nous unit et qui, je l'espère, en se renforçant, ne se brisera jamais. Nous sommes, vous et moi, pèlerins d'un même idéal. Nous voyageons, unis spirituellement pour le triomphe d'un principe qui concerne l'enfant. Nous avons, vous et moi, été séduits par les profondeurs de l'âme enfantine ; non pas seulement par ces beaux objets de la création qui éveillent notre amour, mais aussi par le symbole qu'ils représentent, le secret de l'âme humaine. Nous avons commencé par protéger l'enfant, et nous avons découvert que nous avions besoin de protection. Nous avons commencé des méthodes d'éducation et de culture pour reconnaître qu'en réalité l'enfant est notre professeur : non pas qu'il nous donne la culture, mais il nous révèle à nous-mêmes. C'est ainsi que nous nous tournons vers lui en tant qu'individus membres de la société, et pour le bien de toute l'humanité. L'enfant fait autorité – l'adulte qui veut s'améliorer doit en tenir compte. Nous avons étudié les moyens d'harmoniser les rapports entre enfants et adultes et nous avons beaucoup appris, mais il reste encore beaucoup à apprendre. Quelques-uns d'entre vous repartent chez eux simplement pour enseigner. D'autres iront plus loin dans leur recherche. Mais l'enfant reste notre lien, en dépit de toutes nos différences de culture et de religion.

Maria Montessori

Merci à mes premiers soutiens et mes premiers lecteurs !

Lara Azouri
Solenne Bocquillon-Le Goaziou
Fabienne Bodu
Irvine Diviès
Denis Gombert
Juliette Hirtz
Aurélie Jean
Perrine Legal
Frédérique Leromancer
Elise Nebout
Nathalie Ollier
Emmanuelle Opezzo
Stéphanie Ricordel
Marie Robert
Lola Sorrenti
Lize Veyrard
Louise Winfield

et à celles et ceux qui me soutiennent tous les jours.

Merci à ma famille, et à celle de mon mari que je considère comme la mienne.

Merci à mes enfants, Jules et Louise. Vous êtes merveilleux. J'ai une chance inouïe d'être votre maman.

Merci à Nicolas. Je t'aime.

Également dans la collection « Pop'Littérature »

Le jour où maman m'a présenté Shakespeare,
Julien Aranda

Quand on a 10 ans, pas de papa mais une mère amoureuse de Shakespeare et que l'on s'attend à avoir les huissiers d'un jour à l'autre, la vie n'est pas simple. Mais, avec leur voisine et les comédiens de la troupe, ils forment une famille de cœur. Un jour, *la réalité des choses* rattrape la joyeuse équipe et le petit garçon est séparé de sa mère. Comment alors avancer vers ses rêves ?

Souviens-toi que tu m'aimes, Catherine-Rose Barbieri

Lorsqu'Héloïse rencontre James dans un TGV Lyon-Paris, le coup de foudre est réciproque. Mais, ce qui aurait pu être le début d'une belle idylle en reste là. Deux ans et demi plus tard, après bien des épreuves et pas mal d'errance, Héloïse et James se retrouvent par hasard en Écosse. Si Héloïse n'a rien oublié, James, en revanche, ne se souvient pas d'elle…

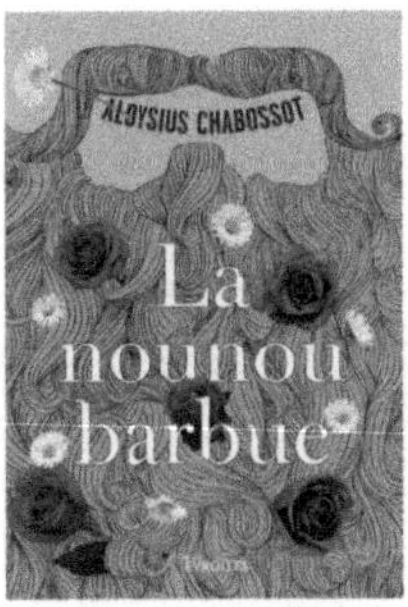

La Nounou barbue, Aloysius Chabossot

Cathy élève seule ses deux enfants, Lucas et Pilou, avec le soutien sans faille de sa tante Lulu. Jusqu'au jour où – catastrophe ! – tante Lulu se retrouve les deux chevilles dans le plâtre. Cathy décide alors d'engager une nounou au profil pour le moins atypique.

Hygge and kisses, Clara Christensen

Bo menait une vie calibrée jusqu'à ce qu'elle perde son travail. Elle décide donc de faire une pause dans une petite ville au Danemark. Malgré une météo peu clémente et 17 heures de nuit par jour, Bo s'imprègne du mode de vie *hygge* du pays et profite de ce séjour pour prendre du recul et trouver un sens à sa vie.

Julien, le Bienfaiteur, Gilles Gérardin

Julien, la quarantaine, marié, père de famille, est au chômage depuis plus d'un an et l'espoir de retrouver un emploi s'amenuise. Prenant conscience de l'inutilité de son existence, il décide d'y mettre fin. Le décès accidentel étant mieux indemnisé que le suicide, Julien entreprend donc d'organiser sa mort accidentelle…

La Liste des prétendants, Sonya Lalli

Raina, 29 ans, est encore célibataire au grand dam de sa communauté pour qui la respectabilité de toute jeune fille indienne passe par un mariage traditionnel en grande pompe. Armée d'une liste de prétendants triés sur le volet, sa grand-mère Nani entend bien trouver pour sa Raina l'homme parfait ! C'est le début d'une aventure agrémentée de rendez-vous galants planifiés par sa grand-mère.

Une bonne et une mauvaise nouvelle,
Marion McGuinness

Clothilde reçoit la visite du notaire : il a une bonne et une mauvaise nouvelle pour elle. Sa mère biologique vient de mourir, lui laissant un héritage pour le moins inattendu : la garde d'un petit garçon de 8 ans, … qui se révèle être son frère. Mais est-ce la bonne ou la mauvaise nouvelle ?

Tu vis en moi, Alessandro Milan

Francesca est une force de la nature, toujours en mouvement, toujours joyeuse : on l'appelle Wondy, de Wonder Woman. Alessandro est joueur et un peu maladroit, il se laisse embarquer par la fougue de Francesca et l'amour qui les lie bientôt. Avec elle, il apprend, jour après jour, à ressentir pleinement chaque émotion. Ensemble, ils ont à mener le plus terrible des combats : celui qui ne peut être gagné contre le cancer. Elle ne s'en relève pas. Mais c'est une mort qui ouvre sur la vie. Alessandro Milan célèbre la force qu'on trouve en soi dans ces moments douloureux, celle qu'on se découvre après, pour continuer à vivre autrement.

Mon cœur serré comme une sardine, Karen Merran

1967. Jacob a huit ans et vit à Safi, une petite ville côtière du Maroc qui sent bon les épices et la sardine. Son meilleur ami, c'est Brahim. Ensemble, ils partagent tout et jouent aux osselets. Ils sont juif et musulman mais se vivent d'abord comme des Marocains. Pourtant, à la veille de la guerre des Six-Jours, les relations entre Israël et les pays arabes se tendent. Même si le conflit a lieu à des milliers de kilomètres, le climat entre les deux communautés se dégrade aussi à Safi. L'amitié de Brahim et Jacob résistera-t-elle ?

Confessions d'une quadra à la ramasse, Alexandra Potter

Nell Stevens a plus de quarante ans et quand elle regarde en arrière, le bilan manque de filtres Instagram : le biblio-café qu'elle a monté avec son fiancé en Californie a fait faillite, le fiancé en question s'est fait la malle, elle est célibataire, sans enfant, fauchée, à la dérive. Qu'à cela ne tienne ! De retour à Londres, sa ville natale, elle est déterminée à prendre un nouveau départ. À la même époque l'année suivante, la chance aura tourné, se promet-elle. Tout d'abord, cependant, elle a quelques confessions à faire…

Starling, Mélanie Taquet

À trente et un ans, Emma vit comme un étourneau solitaire. Pourtant, un soir, elle accepte de suivre Chiara, sa meilleure amie, à une soirée au pub. Elle est alors loin de se douter que Bilal, fantôme d'une relation interdite, va refaire une entrée fracassante dans sa vie et tout bouleverser sur son passage. Avec humour et émotion, entre Londres, Prague et Paris, Emma va entamer une quête de soi.

Du chaos naissent les étoiles, Marilyse Trécourt

« Vous devez sauver la vie de trois inconnus en moins de quinze jours. Sinon, ce sera le néant. » Voici l'avertissement que reçoit Juliette, libraire passionnée. Elle sent confusément qu'elle doit relever le défi. Le compte à rebours commence alors… Et Juliette découvre qu'elle a plus à gagner que la vie dans ce mystérieux marché.

La terre est ronde comme un losange,
Emmanuelle Urien

Jeune femme perfectionniste et insatisfaite, Andrea est convaincue qu'elle peut tout maîtriser dans son quotidien. Le jour où Alexis emménage dans l'appartement du dessus, cette existence ordonnée se trouve menacée. Contrebassiste nonchalant, Alexis représente tout ce qu'Andrea déteste. La cohabitation s'annonce mouvementée et les remises en question fracassantes.

Des gens irréprochables, Zoe Whittall

La paisible ville d'Avalon connaît un scandale : George Woodbury, enseignant affable et respecté, père et époux bien-aimé, est accusé d'agression sexuelle envers de jeunes élèves. Comment réagir et défendre quelqu'un qu'on aime tout en luttant contre la possibilité de sa culpabilité ?

Achevé d'imprimer en juin 2022
Imprimé en France par CPI Firmin-Didot
Dépôt légal : juillet 2022
N° d'impression : 170416

Cet ouvrage est imprimé sur du papier lac 2000 90 g main de 1,98,
papier issu de forêts gérées durablement.